一緒にいても ひとり

アスペルガーの結婚がうまくいくために

alone together

Katrin Bentley
カトリン・ベントリー 著
室崎 育美 訳

東京書籍

Alone Together
Making an Asperger Marriage Work
by Katrin Bentley

First Published in 2007 by Jessica Kingsley Publishers

ISBN 978-4-487-80270-8 C0037
Printed in Japan

目次

序文

カトリン・ベントリーがギャビンに出会い恋をしたとき、ほかの人とは違う、人を惹《ひ》きつける、少し変わったその人柄がアスペルガー症候群を示すものだとは知りませんでした。しかし、結婚直後から彼女は、二人の関係に大きな問題が生じそうだと気がついていました。「ギャビンさえその気になれば人の気持ちを理解できるようになり、思いやりが増して、愛情や親密さを求める自分の希望を満たしてくれるだろう」とカトリンは楽観的でしたが、次第に、そのような能力は、まったく無理ということはないにせよ、容易に身につきそうにないと絶望的になりました。お互いを理解し、まったく別の関係を築こうと長年努力した末に、ギャビンがアスペルガー症候群の典型的な徴候を示しているとわかりました。

ついにギャビンの人柄、能力、行動、そしてカトリンの孤独と欲求不満を説明するものが見つかったのです。これを知って二人の関係の質は劇的に変わりました。アスペルガー症候群の特徴を理解するにつれて、カトリンは対処する方法を見つけていき、ギャビンとの結婚生活がうまくいくようになりました。この本の終わりで彼女自身が述べているように「求め続けてきた関係をやっと手にいれることができた」のです。

生来カトリンは楽観的な人で、知恵があり、誠実で、確固たる信念をもっています。教師でもある彼女は、この本を通して、アスペルガー症候群の人と幸せな関係を築く方法を教えてくれます。彼女の話を読み、アドバイスを個々の場に応用することで多くの関係が救われるでしょう。この本はあなたたち二人の関係と生活を変えてくれます。

トニー・アトウッド

二〇〇七年三月

はしがき

私は結婚がうまくいっていないすべての人のためにこの本を書きました。その人たちの関係が改善するよう、役に立つ対処法とヒントを提供したいと思っています。

うまくいっているときでも結婚はけっして簡単な仕事ではありません。しかし、アスペルガー症候群があれば大きな戦いになりかねません。私たち夫婦がその証《あかし》です。かつて私たちの関係はたいへん難しいものでしたが、今は幸せなカップルです。

私たちの尽きることのない誤解の原因がアスペルガー症候群だとわかると、違う考え方に慣れようと気持ちを切り替えられました。

症状の一部である行動を理解しようと私はさまざまな本を読みました。そこで得た知識のおかげで、結婚を軌道に戻すことができました。もちろん、成功を保証する秘密の公式をお目にかけることはできません。アスペルガー症候群の人は行動が独特で、ほかの人の例が当てはまるとは限らないからです。この本に書いたことはどれも私たち自身の経験に基づいています。

　私たちのこれまでの経験を公にするのは簡単なことではありませんでしたが、自分たちが幸せを見つけられたことに感謝しつつ、ほかの人たちにも同じような機会をもってもらいたいと願っています。

　この本では、アスペルガーの結婚でもっともよく見られる誤解のいくつかを明らかにして、夫婦関係がうまくいく方法を見出せるように心がけました。

　なお、本書の中で、ＡＳ（アスペルガー症候群）であるパートナーを「彼」と呼んでいる箇所がありますが、女性のパートナーの場合は「彼女」に置き換えてお読みいただければと思います。

謝辞

まず初めに夫ギャビンに感謝したいと思います。自分がどう感じ考えているかギャビンが教えてくれたことが、この本を書く上で大きな助けとなりました。それがなかったら、彼がどのように考えを進めているのか理解できなかったでしょう。

この本を書くには二人がチームとして働く必要がありましたが、それは容易なことではありませんでした。忍耐の連続でした。でも、最後には私の書きたいという気持ちを、正確に表現しようとするギャビンの優れた感覚と結びつけることができました。彼が細部にこだわって誤りを正さずにいられないところに何度もイライラしましたが、そのおかげで細部への注意を怠らずにすみました。私が読み上げた章についてギャビンが鋭い指摘をし、書き直しになったことが何度かありました。彼はどう書き直したらよいのか決して言わず、自分がいいと思うまで不満を言い続けました。

トニー・アトウッド先生にも感謝しています。先生の本やビデオ、セミナーのおかげで、私はギャビンの考え方を理解できるようになりました。アトウッド先生のアスペルガー症候群についての記述がとても正確だったので、私はその知識を実践に生かすことができました。先生のおかげでギャビンと私はコミュニケーションできるようになり、お互いをとても身近に感じるようになりました。

自閉症について、個人的な体験を書いてくれた人たち、テンプル・グランディン、ドナ・ウィリアムズ、リアン・ホリデー・ウィリーも私たちがお互いを理解する大きな手助けをしてくれました。診断を受けてしばらくの間、ギャビンは自分の考えや感情を説明できませんでした。先にあげた人たちの本を読んで、彼の中で何が起こっているのか私は知ることができました。そして、彼が答えられるような質問をして彼の言葉を引き出すことを思いつきました。これらの本のおかげでギャビンは自分の感情をより正確に表現できるようになり、私たちが深いレベルで通じ合えるようになりました。

最後に、アスペルガー・サービス・オーストラリアにも感謝いたします。セミナーの開催を知らせてくれたり、ライブラリーから本やビデオを貸してもくれました。情報源を使わせてくれただけでなく、大きな支えにもなってくれました。

サボテンとバラ

「アスペルガーの結婚」と題されたトニー・アトウッド先生のセミナーに参加して元気のでた私は、夫に向けてこの詩を書きました。その日、アトウッド先生は『Asperger's Syndrome and Adults…Is Anyone Listening?』という本について話しました。それはアスペルガー症候群である人の配偶者、パートナー、親が書いたエッセイや詩をカレン・E・ロッドマンがまとめたものです（二〇〇三）。そのとき私はまだこの本を読んでいませんでしたが、作者の一人はどうやらアスペルガーの結婚をサボテンとバラの関係に例えているようでした。この考え方が気に入った私は、詩を書こうと思いついたのです。

遠いむかし、私はバラで、あなたは美しく、強く、頼りになるサボテンだった。
あなたの姿、強さ、自信がとても気に入った私だったが、一緒に砂漠に住むのは難しいと気がついた。

自分に合わせて欲しいとあなたは私の緑の葉を切り始めた。砂漠の土は乾いて、気候はきびしく、私は水が欲しくてたまらなかった。生きていくために。

少しずつ私はしおれ、花は落ち始めた。

手入れされた花壇の土、肥料、色とりどりの植物、すべてが恋しい。でも、もう花壇という環境にはなじめそうになかった。

残っていた葉は少しずつたくましくなり、私はまるでサボテンのよう。

目のくらむ太陽も砂あらしも気にしなくなった。喉の渇きも忘れた。

何も感じなくなった。砂漠で暮らすにはその方がかんたん。でも、ときには、朝、にわか雨の後に感じる、葉っぱに残ったしずくの気持ちよさや、通り過ぎる蝶のやさしい感触を思い出した。

砂漠であなたのとなりにいるのは変な感じ。私はあなたがサボテンとは知らず、そんな植物が存在することも知らなかった。

訳のわからなくなった私はあなたをバラに変えようと一生懸命だった。あなたにはとてもつらいことだっただろう。あなたがバラになろうとし、バラのように振る舞っているかぎり、私とほかのバラはあなたを愛した。でも、あなたがサボテンらしく振る舞えば、みんなはあなたの側《そば》を去っていった。

とうとう、あなたはあきらめて、どの花壇も避けるようになった。サボテンの方がずっと自分らしい。みんなの期待するものになれなくて恨みだけが残ったのに、どうして自分は努力しなくてはならないのか？

自分一人でいるほうがずっと心地よいとわかって、あなたは孤独に戻っていった。ほかのバラたちは私から目をそむけ、仲間はずれにした。相通じるものが何もないから。私はやっかいなしおれた植物、一緒にいても楽しくない。バラたちは肥料のことや私には縁のない話に明け暮れていようとした。

だから私は孤独に暮らすあなたの仲間になり、自分の中にある強さを引き出すことができた。

やがて、私は色とりどりの花壇にいた頃が恋しくなった。あなたがずっとサボテンであるように、私はずっとバラだから。

ある日、サボテンの本を見つけた。あなたにも読んでもらうと、そこに書いてあることがあなたにぴったり当てはまると二人の意見は一致した。自分は変種のバラではない、美しく、強く、へこたれないサボテンだとわかってあなたはとても安心したようだった。

サボテンには別の愛情の示し方があると知って私も大喜びした。寒々しい孤独を感じていたころ、本当はあなたに大事にされていた。私にはわからなかっただけ。サボテンの本はたくさんある。でもバラの専門書はない。

約束しよう、サボテンが何を欲しがり、何を喜ぶのか、あきらめずにわかろうとすることを。私の望みは、あなたがバラのことを知ろうとし、バラの私を認めようという気持ちになってくれることだけ。あなたがあなたでいたいように、私も私でいたい。二人が同じ植物になってしまうより、違いを受け入れられるようになろう。

初めて会ったとき、私はあなたのサボテンらしい強さに見とれ、あなたはきっと私の色鮮やかな花びらにうっとりしただろう。

私は前ほど花いっぱいではないけれど、土に根をしっかりおろし、少しの水と肥料があれば、また花を咲かせるだろう。美しいだけでなく強いバラになっているから、もっとたくさん花を咲かせるだろう。

お互いを大切にしあえば、二人の関係を特別なものに変えられる。そして、子どもたちはバラの野性と、繊細さと、色鮮やかさだけでなく、サボテンの頼もしさと、強さと、人の心を惹《ひ》きつけるところを併せもって成長するだろう。
あるがままに日々を過ごし、それを楽しもう。

カトリン・ベントリー

1　アスペルガー症候群を知る

私は、何年間も自分たちの結婚はうまくいっていないと感じていましたが、その理由を説明できませんでした。ギャビンと私はしっくりいかず、毎日、口論を繰り返し、信じられないほど疲れていました。彼にはまったく違う人格が同居しているようでした。優しく、いい人だったかと思うと、次の瞬間には怒り出し、イライラする。そんな彼の振る舞いに私はひどく混乱し、自信をなくしていました。

困っていることは誰にも話しませんでした。友人に打ち明けたいと思う一方で、そんなひどい状態にある自分たちが恥ずかしくもあったのです。話したくないという気持ちはたとえ乗り越えたとしても、事態をどう説明したらよいのかわからなかったでしょう。私たちの関係が機能していないことは明らかでしたが、一面、私たちはまだお互いを愛していました。変な話ですね。もし私が自分たちの結婚について一言話せば、こんな言葉が返ってきたでしょう。「男だから」「うちの夫も同じよ」「自立しなさい」「忘れないで、あなたはスイス人、彼はオーストラリア人なのよ」「きっとホームシックよ」。信じられないほど孤独でした。相談できる人も、わかってくれる人もいませんでした。結局、私はすべて自分一人で抱え込み、万事うまくいっているふりをしました。

ギャビンと私は、踊りたいのにリズムが合わず、ぶつかってばかりいるカップルのようでした。思ったようにいかないイライラが高じ、本当は一緒に踊りたいのに絶望的でした。私は自分のリズムで彼にダンスを教えようとし、彼は彼のリズムで教えようとしました。しかし、それではうまくいきません。二人とも、自分たちの関係はひどくギクシャクしていると感じ、それは相手のせいだと責め始めました。もちろん結果はもっとひどいことになりました。敵と暮らしているようなものですから。

17年間あがき続けた後、私たちはギャビンがアスペルガー症候群（AS）であることを知りました。彼の次のような行動が私たちに答えの在り処を教えてくれたのです。

- よく腹を立て、人の心を傷つけることを言う。
- 特に理由もないのに、ストレスを感じているように見える。

●「いつも頭の中で同じことを繰り返し考えてしまって困る」と言う。

●自分の考えを紙に書き、リストを作り、リストのリストを作り、最後には全部破ってしまう。

●「今日はたくさん考え事をしたから脳が震えている」などと言う。

●ストレスを感じると、立っていられないほどのめまいに苦しむことがある。

●じっと座っていなければならないときには、肩や首を変わったやり方で動かす。

●夜、スイミングクラブに行くとき、外は暗いのに「街路灯がまぶしい」と言ってサングラスをかける。

●半ズボンとTシャツで雪の中を歩く。

●人前でとても変わった行動をとる。来客のあるときには、ふつうの5倍ぐらいの強烈さで休みなく話し続けたり、不適切なジョークを言ったり、場違いな話をしたりする。

●私には本当のギャビンがわからない気がする。知らない人と暮らしているようだ。二人の会話は初対面の人との会話に似ている。私が知っているのは、お金のことに有能でスポーツが大好きなことだけだ。

●一緒のとき、彼は映画のセリフをよく口にする。キスするとき、まるでジャック・ニコルソンとキスしているような気がする。

●「幸せって何？　どんな感じ？」などと言う。

●お金についてはすばらしい才能をもっている。35歳で優雅にリタイアし、投資で生活できている。投資の世界では独創的で、富を得る天賦の才がある。友人たちは彼にこの分野の講義をしてくれと頼むが、彼は驚いたようにこう言う。「こんな基本的なことを教えてお金は取れない」とよく言う。

●「考え事のためにリラックスできない。それを追い払わないと生活を楽しめない」

●身体はあるけど、心はない、と感じることがある。

●「自閉症かもしれない」と一度ならず言う。

そのとき私はまだＡＳのことを聞いたことがありませんでした。古典的自閉症は知っていましたが、そのイメージと夫は一致しませんでした。彼は自分が興味をもつ話題のときはよくしゃべりましたし、気に入った人となら愉快で楽しそうでしたから。

ある日、百科事典で「自閉症」の項目を調べました。すぐにギャビンには当てはまらないとわかりました。読み続けると「アスペルガー症候群」と呼ばれる障害の記述がありました。短い段落で、人との関わりに問題がある、相手と視線を合わせない、習癖的な身体の動きをくり返す、日課や儀式的行動に固執する、など一般的な徴候がいくつか挙げられているだけでしたが、それはギャビンの行動の特徴でもありました。かすかな手がかりでしたが、私はもっと調べてみようと決めました。

　そのころ、インターネットを利用できなかったので、図書館へ行き、トニー・アトウッドの『Asperger's Syndrome: A Guide for Parents and Professionals』（一九九八）（『ガイドブック　アスペルガー症候群　親と専門家のために』東京書籍刊　冨田真紀・内山登紀夫・鈴木正子訳）を借りました。この本が私たちの人生を変えました。もしあなたの家族にＡＳの人がいると思うなら、この本をお薦めします。この本はわかりやすく、興味をひくようにＡＳという障害について書いています。家に帰るとすぐ読み始め、ギャビンがＡＳだと確信しました。彼のことを書いた本でした。彼の行動全部が書いてありました。ＡＳの人は外国出身者と結婚することが多いということまで。途中で止められませんでした。トニー・アトウッドは障害を非常にうまく説明していました。やっと私たちはすべての誤解に答えを見つけたのです。

ギャビンに本を見せると、２、３ページ読んで「ぼくのことだ」と言いました。長年、自分はみんなと違うと感じ続けてきた理由がわかってうれしく、ほっとした様子でした。次は、ギャビンがこれまでどう暮らしてきたかを見るために自己評価テストをする番でした。予想したとおり、ＡＳを示す高いスコアが出ました。これらのテストや子ども時代の話からギャビンが自閉症スペクトラムであることは明らかでした。小学校時代、授業の邪魔ばかりしていると先生たちに思われたギャビンは、読字障害、書字障害、多動症であると診断されていました。もちろん、そのころＡＳはほとんど知られていなかったので、今ならＡＳと思われる子どもたちは行儀が悪いとか始末に負えないで片づけられていたのです。

私がこの本を書いていたある日、ギャビンの妹が電話をかけてきて、ＡＳについての番組を見たというのです。「間違いないわ、お兄さんはこれよ」と彼女は言いました。

たとえ専門家でも成人のＡＳを診断することは難しいので、ギャビン自身が「自分は自閉症スペクトラムだ」と納得できたのは私たちにとって幸運でした。それ以来、私たちはいろいろなセミナーに参加し、次のようなＡＳの行動についてトニー・アトウッドの話を聞きました。

- 心の理論がない（ほかの人が考えていることや感じていることがわからない）
- 間違いを正さないと気がすまない
- 自分の考えを言葉でうまく言い表せない
- 何事も自分のやり方を通さないと気がすまない（「神様症候群」）
- 表情や身振りの意味がわからない
- 予想できない事態を嫌い、決まりきった日課に固執する
- 何事に関しても自分が正しくないと気がすまない
- ホワイトボード的態度（頭の中にホワイトボードがあって、あることに関して最初の情報が消えないインクで書かれている）
- 細部に注意が行き届く
- 声の大きさを調節できない
- 不安を感じると特別に興味のあることに集中して、不安をコントロールしようとする
- 間違うことを恐れる
- 融通が利かない

●人の気持ちより真実が大事である
●集団で行うことが苦手である
●感覚に問題がある（接触、強い光、大きな音、特定の食べ物の舌触りに過敏である）
●コミュニケーションがうまくいかない

これらの項目はすべて誤解を生み、人間関係をとても難しいものにする可能性があります。診断を受けてからは、生活がずっと楽になりました。お互いに期待するものが変わったからです。

17年間、私が望んだのはリズムに乗ることだけでした。私にとっては欠かせないものでした。ギャビンがダンスを踊ろうと私を誘ったとき、私は彼にワルツを覚えて欲しかったのですが、覚えるどころか、彼は私の足を踏んでばかりでした。私は混乱し失望しました。「きみが悪い」とギャビンが言うので、ステップを変えようとしましたが、それもうまくいきませんでした。みんなはワルツなのに、私たちは拍子の違うフォックストロットを踊りました。ギャビンは気にしていないようでしたが私はそうはいきません。途方にくれました。彼の踏むステップは考え抜かれ、安全で論理的でした。彼のダンスに間違ったところは一つもないけれど、私のステップには合いませんでした。私は笑顔でターンし、独創的なダンスをしたかった。集中して考えないと次の一歩を踏み出せないようなダンスではなくて、音楽に合わせて体が自然に動くように踊りたかったのです。彼のやり方に私は窒息しそうになり、動きが取れませんでした。彼のほうも私のやり方に目が回り、緊張していました。

長い間、二人の間には共通するものが何一つないようでした。私は感情に導かれ、ギャビンは論理にとらわれる。私は人に興味があり、ギャビンは物事に心惹《ひ》かれる。彼は手順を守ることを重視し、私には手順そのものがない。物があるべきところにあるかどうか、私はまったく気にしないが、彼には一大事。私にとって結婚はつながりをもつことだが、彼にとっては一緒に楽しむ人を見つけること。じっくり話し合うのが私は大好き、ギャビンは大嫌い。

今、私たちはお互いの違いを認め、相手から学ぼうとしています。自分たちのダンスを作り出したのです。安全で論理的なところは変わらないけれど、私がツイストとターンを少し加えました。ギャビンが目を回す前にストップすれば、くるりと回ってもいいのです。

ギャビンがＡＳとわかって多くのことが変わりました。この本では、私たちの変化の旅をご覧にいれましょう。

2　ハンサムな人との出会い

一九八七年三月、夫と私はオーストラリアのクーランガッタのバックパッカーが使うホステルで出会いました。スイスで小学校の教師をしていた私は3カ月の予定でオーストラリアを旅行中で、その旅もほとんど終わろうとしていました。あと1週間というときになって私はバイロン・ベイで最後の数日を過ごすことにしました。

「そこまで乗せてくれる人を知っているよ」とあるバックパッカーに言われましたが、私は気が進みませんでした。知らない人の車に同乗する気にはなりませんでした。「会うだけでもいいから」と言ってその人は私をギャビンのところに引っ張っていきました。ギャビンはソファに座ってテレビを見ていました。

一目見てビリヤード室で会った人だとわかりました。彼の顔立ちにはどこか謎めいたところがあって、バービー人形のボーイフレンド、ケンを思い出させました。彼のハンサムぶりに惹《ひ》かれ、どことなくよそよそしいところに興味をそそられたので、最初に抱いた不安を捨てて、バイロン・ベイまで乗せてもらうことにしました。彼はうれしそうでも悲しそうでもなく、ただうなずいて「いいよ」と言い、テレビから目を離すことはありませんでした。彼の気のないそぶりに戸惑いながらも、隣に座って話の糸口を見つけようとしましたが、彼は興味がなさそうでした。テレビの映画を見ていて邪魔されたくない、一人にして欲しいという感じでした。私は映画が終わればもっと話しかけやすいだろうと、それまで静かにしていることにしました。思ったとおりでした。映画が終わってやっと私たちは話を始め、親しくなりました。

翌日、車で、ホステルを予約したバイロン・ベイに向かい、数日ビーチでのんびり過ごしました。ギャビンとの楽しいひと時でした。彼は親切で、ハンサムで、変わった人でした。でも、それがわかったときにはもう恋をしていました。スイスに戻るまで数日しかないのに愚かなことでしたが、フランス人の数学者にして哲学者パスカルが言ったように「感情には理由がある、知性はそれを理解できない」のです。

ギャビンが奥行きのある会話を得意としないことまで私の英語力ではわかりませんでした。もし二人に誤解があれば、それは私がスイス人で彼がオーストラリア人だからだということにしました。彼は私にとても親切で、私は誉められて上機嫌でした。私が彼の世界の中心、言い換えれば、特別の関心事で、ほかには何も存在しないかのようでした。

何年もたって、私たちの結婚が戦場と化したとき、私は初めて会った頃を思い出そうとしましたが、ほとんど無理でした。その頃のギャビンはまるで別人でした。決して怒らず、決して批判せず、いつも親切でした。私は彼の心遣いが気に入り、はっきりした目標をもっているところに感心しました。子どもは4人欲しい、会計士として成功したい、自分の家をもちたい。彼の年齢にしては分別がありすぎると思えたので笑ったのを憶えています。家族をつくる前にもう少し生活を楽しんだらと言うと、彼は驚いたようでした。何を言ってるんだ？

論理的な計画に従って結論に至る、これ以上の喜びはないよ。

その週の終わり、私はスイスに戻り、ベルン近くの小さな村の先生として生活を再開しました。独特の目をしたハンサムな異邦人を恋しく思いましたが、帰国するとすぐに最高にすばらしいラブレターが届き始めました。心揺さぶる、愛情のこもった手紙が週に3通も。

とうとうギャビンがやって来て、私たちはヨーロッパ中を旅行しました。すばらしい旅行でした。テニスをし、海で泳ぎ、夜はおいしい食事に出かけました。最後の週、彼は私にプロポーズしました。正直に言うと、二人とも結婚には何が必要なのかあまり考えていませんでした。わかっていたのは、こんな遠距離ではデートは続けられないということだけ。

ギャビンはその年の暮れまでスイスにいることに決め、地球の裏側から来た訪問者を楽しみました。彼は気楽そのものでした。私は好きな仕事を一日する。彼はただ家にいて音楽を聴き、私の帰りを待っている。夕食に招待されて出かけ、彼がその場にそぐわないことを言ってもみんなは許してくれました。何と言っても彼はオーストラリア人ですから。学校の子どもたちも彼のジョークと元気いっぱいのところが大好きでした。彼に会った人はみんな彼が愉快で面白い人だと思いました。

ASの人はある人物を演じることがよくあります。ギャビンは「地球の裏側から来た愉快な人」という役割を得て幸せでした。

最初の数カ月、私はASの一部である肯定的な面を楽しむことができました。それは、情熱的な賞賛、魅力的な風貌、人生についての分別のある考え方、すばらしい手紙を書けること、ユーモアとエネルギーレベルの高さです。

3　結婚式

一九八七年十月の寒い日に私たちは結婚しました。故郷の小さな教会は特別な出来事を私たちと分かち合いたいという人でいっぱいでした。子どもたちは歌の準備をし、友人や家族は結婚の誓いが交わされるのを見ようと興奮気味でした。

スイスでは父親が花嫁を花婿のところまで連れて行くことはなく、新郎新婦がともに祭壇まで歩きます。オルガンに合わせて、ギャビンと私は腕を組んで牧師の方へ歩いていきました。牧師は私の親しい友人でした。そのとき私が何を感じていたか思い出せません。後に参加者の一人がくれた手紙にはこう書いてありました。「親愛なるカトリンへ　ギャビンとともに、牧師の方に向かって歩くときのきみの表情が忘れられません。瞳は深い喜びと幸福を映し出していて、ぼくはとても感動しました。きみは本当に最愛の人を見つけたのですね。二人の将来に幸多きことを祈ります」。あの時、あの場所では、誰も私たちの関係が数年後に信じられないほど難しいものになるとは思いもしなかったでしょう。

結婚式は予定どおりでした。牧師がギャビンに「あなたはカトリンを妻としますか？」と問うまでは。「はい」という返事は聞こえず、参加者と私は沈黙に直面しました。誰もが息を止めました。やっとギャビンが発した言葉は「そうだね、いいよ」。まるで答え方を考えていたかのようでした。次にギャビンは私にディープキスをしたので、祖母はもう少しで椅子から落ちるところでした。

後に、どうしてあんな答え方をしたのか尋ねると、「きみの弟を笑わせたくてね。ジョークが大好きだろ」と答えました。今ならわかります、私が祭壇まで歩きながら幸せではちきれそうだったとき、ギャビンは何も感じていなかったこと、彼なりに私を愛してくれていたこと。私たちは一緒にスポーツをし、同じような食べ物を好み、同じ人生の目標をもっています。彼は私との結婚を望んでいましたが、感極まることなく、ジョークを言うのにもってこいのときだと感じていたのです。

診断を受けたあとのことでしたが、彼は、誕生日や結婚式など、大事な催しでは落ち着かないと言いました。そんな状況ではある種の感情を期待されるけれども、彼には普段と違うとは感じられないのです。

私たちの誕生日は偶然にも一緒です。友だちがちょっとしたプレゼントを持ってきてくれると、ギャビンはいつも浮かれています。いっそ頭が空っぽであるかのように振る舞いたいのです。プレゼントをもらうとギャビンは落ち着きません。まず、欲しくもないものをもらったのにお礼を言わなくてはなりません、なぜ、つまらないものをもらって家を散らかさなくてはならないのか？　欲しい品物のことを何から何まで詳しくメモしてもらわない限り、ギャビンの気に入るプレゼントを見つけることなどまず不可能です。チョコレートやお菓子さえ買うのが難しいのです。彼は決まったブランドのものしか食べませんから。もし気に入らないものを渡せば彼は怒るので、プレゼントなんてするんじゃなかったということになります。そもそもプレゼントを手渡すという行為が彼にとっては無意味です。それどころか、ばかげた習慣だと思っています。何か欲しいものがあれば自分で買うほうがいいのです。間違いがありませんから。友人たちはギャビンのことを知っているので、次のような言い方をされても怒ったりはしません。「ブラックチョコレートか。ぼくはブラックチョコレートが嫌いなんだ。でも、母親は好きだからあげるよ」「テニスボールか、いいね。でもぼくはこのブランドは使わないんだ。安すぎるからね」

ギャビンの態度に何も悪いところはありません。すべて彼の現実的な考え方からきています。私たちはみんな彼の希望を尊重し、彼の欲しいものを買うだけです。誰ですか、みんな思いがけないプレゼントが好き、なんて言うのは！

十数年前、スイスの小さな教会で、私にはなぜギャビンが結婚式にまったく感動しないのかわかりませんでした。彼は陽気で人懐っこく、普段とすこしも変わりませんでした。私は、バラの花を高く掲げて二人のためにアーチを作ってくれた子どもたちに感動して涙を流し、友人や家族に囲まれて楽しんでいました。ギャビンのちょっとしたジョークなんて気にしていませんでした。地球の裏側から来た愉快な男という彼のイメージにぴったりでしたから。

4　最初の大げんか――「ぼくは楽しもうと思って結婚した。問題を抱えるためじゃない」

このときまで、私たちの関係に緊張はありませんでした。しかし、海外への引っ越しが視野に入ってくると事情が変わり始めました。オーストラリアに発つ1週間前、私たちは初めて本格的な口論をしました。

自分のクラスを新しい先生に引き継ぐため私は一日中働き、ギャビンは家にいました。出発は目前なのに旅行の準備をする時間があるだろうかと私は不安になり始めていました。毎晩、会合やお別れ会に出席しなければならず、学校の仕事にとられない時間はたったの1分もないような状態でした。せっぱ詰まった私はギャビンに荷造りを始めて欲しいと頼みましたが、彼はすべてほったらかしでラジオを聴いてくつろいでいました。

ある晩、私は我慢できなくなって、「一日中何をしていたの、ギャビン。船便で送る荷物をまとめて欲しいと言ったのに、何もしていない」と言いました。私をなだめようと言い訳を探すかと思えば、彼は私をばかにしたように笑い、こう言ったのです。「そんな気にならなかったんだ。どうしてぼくがやらなきゃならないんだい。詰めるのはきみの荷物だろ。ぼくのスーツケースはもう準備完了だ」（彼のスーツケースに入っているのはパンツ6枚、シャツと半ズボンが数枚、ソックス数組、スーツ1着だけでした。彼の服のセンスではこれで十分だったのです）

私はあっけにとられました。外国へ引っ越すとなれば精神的にも疲れます。家族や友人から離れるだけでなく、美しい我が家からも離れなければならないのですから。私はギャビンに元気づけてもらいたかったし、二人は一緒なんだという素振りを見せて欲しかったのです。代わりに彼が見せてくれたのは、ストレスを抱えた私を笑い、協力するつもりはないという態度でした。

彼の目には一人のカトリンと一人のギャビンがいて、二人とは映っていなかったのです。彼は彼の問題に取り組み、私は私の問題に取り組む。彼の口癖は「ぼくたちはみんなひとり。一緒にいても、ひとりとひとり、その方が簡単なんだ」でした。結婚しても状況に変化はありませんでした。何かしなければならない仕事があると、彼はどこかへ姿を消しました。最初のうちは腹を立てたり、イライラしたりしましたが、そんなことしても無駄だとわかりました。私が何を言おうと、彼にその気がなければ彼の心を変える方法はないのですから…。私は歯を食いしばって自分ですませませました。

彼は夫ではあっても、友人ではありませんでした。友人ならどんなときでも助け合います。そうしたい、したくないにかかわらず助け合います。私はギャビンが友情の意味を知らないとは思いませんでした。友人をもつことが助け合いを意味するなら、なぜ友人をもつのか。誰かほかの人の仕事を引き受けたり、相談にのってエネルギーを使ったりするのか。論理的ではありません。ギャビンは自分に関係のない問題で心配するつもりなんてありませんでした。私が友情を必要としたときはいつでも、彼は私のほうを向いてこう言いました。「ぼくは楽しむためにきみと結婚したんだ。問題を抱え込むためじゃない」

彼にとって結婚とはテニスのパートナーか旅行の相棒を手に入れることでした。彼は、スリムで、ほくろのないきれいな肌をした妻を探していたのです。料理がうまくて性格のよい人がよかったのです。ギャビン自身はとても攻撃的になることがありましたが、ほかの人がそんな態度をとるのは好みませんでした。私にとって結婚とは愛し合い、考えや感情を分かち合う人、信頼できる人、楽しいときも困ったときも友人でいてくれる人をもつことでした。

私たちが結婚に期待したものはまったく違い、長い間、お互いを理解できないでいたのです。

今なら「心の理論」がないためにギャビンはほかの人たちの気持ちに気づくことができず、自分の視点からしかものごとを見られないとわかっています。彼は私が助けを求めていることを理解するのではなく、私の人格が変わったことだけに気がつき、その変化が気に入らなかったのです。彼は私にいつも楽しく、優しく、幸せでいて欲しかったのです。

この本を読んでいくと、同じ問題が何度も起こっているのに気がつくでしょう。私たちの結婚はすべてが予定どおりに進んでいるときだけうまくいきました。予定どおりなら緊張も、悲しみも、病気も、不機嫌もなかったのです。もちろんそんな期待は非現実的です。実生活は困難に満ちています。だから夫婦はチームとして協力することが大事なのです。残念ながら私たちにはそれがわかっていませんでした。引っ越しも、大掃除も、子どもの誕生も、みんな私一人で何とかしなくてはなりませんでした。

ギャビンが悪いのではありません。ASのために彼の考え方は私とはまったく違っていて、そのため大きな仕事があるといつも私たちの関係には問題が起こったのです。

ギャビンはものごとを文字どおりに解釈する

アスペルガーの人との結婚で最大の問題の一つは、普通の人の使う、込み入った表現法をパートナーに理解してもらえると思ってしまうことです。以前は助けを求めるのではなく、「私がギャビンの力を必要としていることは明らかなのに」と考えたものでした。

言葉を使わないで、自分のイライラを表情や身振りで表していたのです。これではギャビンに伝わりません。伝わらないからさらにイライラし、イライラするから怒り、怒るから口論になります。その段階までいくと、手助けは期待できません。もちろんギャビンは敵を助けようとはしませんでした。

私は二通りの意味に取れる言い方もしました。「疲れたわ。ギャビン、この箱に詰めるのを手伝ってくれる?」と言う代わりに「いつも私一人で何もかもしなくてはならない。まだこんなに詰める箱が残っているわ。この調子では終わらないわね」と言ったのです。私はこの言い方で助けを求めたつもりなのですが、ギャビンにはただの愚痴としか聞こえません。当然です。「仕事がたくさんある」とは言っていますが、「彼がしなくてはならない」という意味にはなりません。

要するに、パートナーにあなたの心を読むことを期待してはいけません。不公平ですから。

ＡＳの人の多くは他人が何を考え、何を感じているかを観察するのが苦手です。もし助けが必要なら、単純な言葉に託して、パートナーにして欲しいことをそのまま表現してください。表情や身振りでは混乱しますし、二通りの意味に取れる言い方では誤解されることがたびたびあります。よく知っている言葉を使ってください。「腰を上げてこっちに来たらどう？」ではだめです。あなたがパートナーを非難し続けたら、彼は仕返しにあなたを怒鳴りつけるか、どこかへ行ってしまうでしょう。そうなったらあなた一人で仕事をするしかありません。

大きな仕事の計画や準備がストレスを生む

ＡＳのためにギャビンは多くのストレスを経験しています。神経が常に興奮しているので、過度の負担を避けるためにできるだけ厄介事のない生活をしようと努力しています。大きな仕事には計画や準備や意思決定が必要で、どれもストレスを生む可能性があります。冷静でいるために、ギャビンは大きな仕事を避けようとします。

彼は優先順位をつけるのも苦手です。全体を把握せずに細部にこだわるので、時間通りに仕事を終わらせることができません。

これを知って、私は大きな仕事を組み立てなおして小さな部分に分ける方法を身につけました。もし大掃除を計画しているなら、しなければならないことのリストを作ります。それから一緒に分担を考えます。私が注意するのは、うまく達成できる小さなゴールをギャビン自身が設定することです。ギャビンは私よりずっと几帳面なので、どの仕事もやり遂げるのに少し長くかかります。私たちはそれぞれの性格に合うように仕事を分担します。大人数、意思決定、騒音、まぶしい光の関係する状況では常に気を使います。論理を必要とし、手順をしっかり守らなければならない場合は、ギャビンの得意とするところです。

大きな仕事を組み立てなおし細分化しなければ、ASの人は圧倒されてしまって、それを避けることになるでしょう。

友情のスキルを知らない

ASの成人の多くは成長後に診断を受けているので、人格形成期に友情を育むスキルを身につける機会はもてていませんでした。たぶん私たちのASのパートナーは結婚して初めて友情を経験します。だから、よい見本を示す必要があるのです。「友だちをつくるには友だちになりなさい、人に親切にしなさい」という言葉は忘れてください。ASの人の場合には、これではうまくいかないようです。友だちの意味がわからないのに、どうして友だちになれるでしょう。
人はみな違いますが、ふつう、ASの人は真似が得意です。だから私はギャビンに友だちとは何であるかを、友だちになることで教えようとしています。

簡単ではありません。ギャビンは私のすることに一切感謝していないようなのに、なぜ私は彼を誉めるべきなのか長い間納得がいきませんでした。私が話しているときギャビンは虚空を見つめているのに、なぜ彼の話に私が興味を示さなくてはならないのかわかりませんでした。

今はわかってきたので、私はやり方を変えました。友情について講義はしません。誰かが気遣ってくれるのは何とうれしいことかを示そうとするだけです。ギャビンの生活に関心をもち、同じ趣味を楽しみ、落ち込んでいるときには励まし、病気のときには看病します。

この2年間で彼は友情のスキルをいくつか身につけ、私が困ったときには本当に頼りになります。彼の振る舞いはとてもよくなりましたが、私はそれを当然と思わず、手伝ってくれたときにはいつも感謝の気持ちを示すように努めています。

ASの人は自分のすることがうまくいくことによろこびを感じます。あなたのパートナーに「自分はあなたの友人でいることが上手なんだ」と思わせれば、もっとずっと友人でいようとするでしょう。

教授症候群（ギャビンは膨大な量の事実や情報をため込むことができるのに、洗濯物を取り込むのを忘れるのはなぜか？）

これはアスペルガーの人との結婚で誤解の生じる大きな原因です。

長年、私が理解に苦しんできたのは、ギャビンは書き留めてもいないのにゴルフのスコアや、17年前にイタリアで食べたピザの値段や、前の週にしたテニスのすべてのショットを覚えていることです。それだけではありません。金融やビジネスに関する膨大な知識をもっています。刻字されているかのように脳に数字が残っているのです。クレジットカードの番号、利率、水泳の記録、何でもいつでも思い出すことができます。課税基準をすべて暗記していたので、書類を調べることなく、手際よく、クライアントにアドバイスすることができました。

それなのに牛乳を買い忘れたり、私が留守のとき洗濯物を取り込むのを忘れたりするのは、いったいなぜでしょうか。出かける前に念を押したのに。ただ私を手伝うのがおっくうなだけだと以前は思っていましたが、そうではありませんでした。

今ならギャビンは短期記憶より長期記憶のほうが数段優れていると知っています。彼は日常のことより事実や情報を記憶するほうがずっと優れています。これはＡＳの人にはよくあることのようです。株式市場のことなら完璧に頭に入っているのに、スーパーマーケットでの買い物は三つ以上になるとリストが必要というのはこっけいです。

我が家に2種類の記憶容量があることを私は個人的に喜んでいます。何年も前、ギャビンが笑って荷造りを全部私にさせたときには、このことを知りませんでした。彼の態度に私はとてもさびしい思いをしましたが、17年かかって、彼の不可解な態度の答えを見つけました。もし、自分のパートナーはなぜ助けてくれないのだろうとあなたが考えているなら、前に書いたことを思い出してください。手伝ってくれないのは身勝手だからではないとわかるかもしれません。彼はあなたの指示がわかっていないだけかもしれません。たぶん彼は文字通りに解釈するか、細分化されていない仕事におびえているのです。友人は助け合うものだということを知らないのかもしれません。きっと「教授症候群」のせいで、あなたが頼んだことを忘れるのでしょう。ギャビンが文字通りに考えるために起こった誤解の例をあげて、この章を終わります。

私が足を痛がっていると、ギャビンが親切にもマッサージをしようと言いました。

突然私は鋭い痛みを感じました。

「痛い」と私が悲鳴をあげても、ギャビンはニコニコと続けます。「どうしてやめないの？　痛がっているのに」

彼は驚いたようでした「やめてって言わなかっただろ？」

「言ったわ、痛いって言ったわ」

「痛い、はやめてじゃない」

「痛い、は私は痛がっています、ということなの」

「へえ、ぼくは痛いのは好きだよ。きみが痛いって言ったら、ぼくは君が喜んでいると思うよ。やめて欲しいのなら、やめてと言わなければ」

5　オーストラリアへ——ホワイトボード

初めての口論の後、事態は収まり、やっと私たちは海外へ飛ぶ準備ができました。ジャカルタに着くまでは万事順調と思われました。そこでギャビンの思考法がまるでカセットテープのようにテープBからテープAに切り替わるとは思いもしませんでした。スイスでは空白のテープで生活に何のルールも設けていませんでしたが、今はオーストラリアに向かっているので、ギャビンはテープAに取り替えたのです。

トニー・アトウッドはセミナーで「ASの人の脳はホワイトボードに似ている場合が多い」と言いました。どんな情報でも最初に記録されたものは、まるで永久に消えないインクで書かれたようにずっと残るのです。ギャビンのホワイトボードには20年間のオーストラリアでの生活についてのメモが残っていました。第一の、そして最重要のメモは「浪費するな」でした。

ジャカルタでは連絡便待ちでした。しばらくして私はトイレに行きたくて我慢できなくなりました。トイレに行くには小銭が必要でした。現金はすべてギャビンが持っていたので少し欲しいと頼みました。彼は拒否しました！

「飛行機にのるまで待てよ」とギャビン。「待てない」と私。「あと4時間も待ったら漏らしてしまう」。彼は迷惑そうでした。私は彼のことを「軽蔑する」と思いましたが、彼にとっては論理の問題でした。飛行機のトイレはただなのだから、なぜ今、お金を払ってまで行くのか？　どうして我慢できますか？　同じ立場だったら彼は我慢できるのでしょうか？　彼にはそれが理解できませんでした。一つ財布でほかの誰かと飛行機の旅をするのは彼にとって初めての経験でした。それまでほかの人のことなど考える必要がなかったのです。

やっと彼は小銭をくれ、私はトイレに行きました。帰ってくると彼はおつりを要求しました。「ないわ、お掃除の人にチップをあげたから」と私が言うと、ギャビンは慰めようのないほど悲しみました。たとえ50セントであっても、お金を渡して何も受け取らないなんてとんでもない、と言うのです。「お金をあげるなんて、どうしてそんなつまらないことができるんだ？　きみは信じられないほどのばか者だ」。彼が怒ったことが私にはショックでした。彼が私を愛するのは、私が彼のやりかたで行動するときだけというは明らかでした。私は泣きましたが、彼はお構いなしでした。彼の意見では、愚かな行為には言い訳不用なのです。ギャビンの気分が突然変化したことに私はあっけにとられ、同じようなことがこれから先、何度も何度も起こるのだとは思いもしませんでした。

ＡＳであるがゆえに、ギャビンは、みんなが出来事を違ったふうに経験しているとは気がついていませんでした。自分の方法が唯一無二だと信じていました。彼の脳は「ホワイトボード」に似ていました。そのホワイトボードの情報は子ども時代からのもので、それに従うと安心だったのです。私が彼を変えようとしていると思うと彼は不安でいっぱいになりました。要するに、オーストラリアでの暮らし方を自分は知っているが、妻は知らない。妻の行動をコントロールすればオーストラリアで生きていけると彼は思ったのです。

6　ハネムーン――頭が固すぎる！

ハネムーンはバイロン・ベイに行きました。家を借りて、村をぶらぶら散歩したり、ビーチでくつろいだり、庭で本を読んだりして過ごしました。素敵だけど変わっていました。

前にそこに滞在したときは結婚していませんでしたから、本来の自分でいることができました。でも今回はギャビンの期待に沿うよう行動しなければならないと感じていました。ものごとは決まった方法で処理すべきと彼は思い込んでいました。決まりきった日常生活の繰り返しで自分は今までうまくいったから、これからも二人で同じ方法をとる限りすべて問題なしと信じていました（まったく同じ方法ということです）。

27歳の私は自分の考えと感情をもった立派な大人です。ギャビンは「心の理論」がないために、それに気がついていませんでした。私がチキンローフを2枚サンドイッチにはさむと「1枚で十分だ、家では今までそうしてきた」と言いました。コーンにアイスクリームを詰める方法、うまくトーストする方法、ビーチで使ったタオルを振って乾かす方法を私に教えました。すべて考え抜かれた方法で行わなくてはなりませんでした。絶えず彼の講義を受けているとイライラし始め、自分がまた子どもに戻ったような気になりました。彼を「地球の裏側暮らし」の達人として受け入れながらも、私はアイスクリームの作り方のような取るに足りないことでやきもきするつもりはありませんでした。彼の態度は人を見下すようで、私の考え方とはまったく合いませんでした。ギャビンは「ホワイトボード」に刻まれたルールに従うのが成功する暮らしへの唯一の道と思い込んでいました。

ある日私たちはサーファーズ・パラダイスへ向かい、そこでスナックを買おうとしました。ギャビンはハンバーガーを買いに行き、私はサラダサンドイッチとコーラのミニボトルを買いました。私が車に帰ると、私が飲み物を買ったことに彼は不満でした。「スーパーマーケットに行けば、もっと安い金で1・25リットルのラージボトルを買えるのに、なぜミニボトルを買ったんだ？　ラージボトルなら二人で飲んでも十分なのに」と彼は言いました。私はギャビンがハンバーガーと自分の飲み物を買ってくるだろうと思っていたのです。私は、ラージボトルは経済的という論理を理解できなかったのではありません。そんなこと考えもしませんでした。ギャビンのほうはいつも考えていて、軽率な行動を取った人間に寛大に接することができませんでした。

彼の「ホワイトボード」には「常にラージボトルを買い、みなで分けよ」（ばかみたいと思うかもしれませんが、映画館でもそのルールは適用されます）と書いてありました。彼の「ホワイトボード」のことは知りませんでしたから、ハネムーン中に飲み物の値段で口論しなくてはならないのかと困惑しました。ギャビンはお構いなしです。彼の考えでは、私が愚かな行為をしたので、知らせる必要があったのです。何度も何度も、どれほど私に思慮がないかを繰り返し、理解されたと思うまでやめませんでした。

スイスを発って以来、ギャビンの不安は増していました。オーストラリアは自分の故郷だから、二人が快適に暮らせるようにするのは自分の責任だと思っていたのです。私の一見軽率な行為によって、彼のストレスは大いに増しました。私は彼の見下したような話し方に打ちのめされ、彼は私の非論理的な行動に頭をかしげていたのです。

今では二人の考え方の違いは受け入れるしかないと思っています。私は論理にかなった行動をしようと努め、ギャビンはもっと思いやりのある言い方をしようとしています。いつも申し分のない行動が取れなくても、お互いから学ぶことは二人にとって有益です。私は仕事をするうえでより賢くなり、ギャビンは言葉を慎重に選ぶようになりました。

「地球の裏側での暮らし方」講座を除けば、とても楽しいハネムーンでした。ロマンチックな気分とは無縁でしたが。一緒の時間を楽しむよりも、ものごとの進め方を議論するのに多くの時間を使ったようでした。

今の私はギャビンがほとんどすべてのことにきちんとした手順をもっていることを知っています。例えば、朝、私は数種類のシリアルを大まかにボールに入れますが、ギャビンはとても注意深く朝食を用意します。シリアルは決まった場所に置き、ハチミツはいつも同じスプーン、同じ方法でまぜなくてはなりません。その後、決まった量の牛乳をボールに注ぎ、5分間そのままにして牛乳が適度に吸収されるのを待ちます。私にとって朝食作りは簡単な仕事ですが、ギャビンにとっては一つの芸術的行為です。私は彼の手順を見るのが好きで、その忍耐力に敬服しています。たとえシャワーを浴びるときでもギャビンはいつも決まった手順で身体を洗います。

ギャビンが細部にこだわり、私が無頓着なことはもう問題にはなりません。私の方法が違っていても、それは私が軽率だからではなく大切にするものが違うからだと彼はわかっています。

私がハネムーンにロマンチックな気分を求めたのに対して、ギャビンは何をして楽しむかを考えるのに気を使いました。だから彼は途方に暮れたりしませんでした。何年か後、彼は誰かの行動を真似していたと白状しました。テレビでカップルがハネムーン中にビデオを楽しんでいたので、VTRの機械を借りて同じことをしたのです。彼は映画を見るのが大好きで、私も同じと思い込んでいました。私は英語の聞き取りにまだ苦労していたので本当はほかのことをしたかったのですが、何も言いませんでした。ギャビンの楽しみを台なしにするつもりはありませんでしたから。2本目の映画で私はうっかり眠ってしまい、眠ったままギャビンの笑い声を聞くことが何度もありました。ギャビンは一人でビデオを楽しんでいました。私が彼ほど楽しんでいないということに彼は決して気がつきませんでした。

もう少しロマンチックな雰囲気があったらどんなによかったでしょう。手をつないで月の光に照らされたビーチを歩く、抱き合って将来の夢について語る、というような。でも会話はギャビンの得意とするところではありません。彼はよく言いました。「会話は重要視されすぎだ」

故郷は恋しいけれども、オーストラリアで私は一人ぼっちではないと思う必要がありました。たとえ現実はそうだとしても。私たちの関係に「一体感」はありませんでした。私がこのことを持ち出すとギャビンは「一緒にいるじゃないか。ソファに10センチ離れて座り、映画を見ているじゃないか」と言いました。

親切にもVTRの機械を借りてくれましたが、毎晩、2本のビデオを見なくてすめばもっとよかった。今ならそうできなかった理由がわかります。ギャビンは7日分の料金を払ったので、元を取ろうとしていたのです。

ハネムーンで初めて二人はまったく違う人間だとわかりました。ギャビンが体系、決まった手順、論理を信奉するのに対し、私は感情に駆られて行動します。だから、彼が基本的な行動に重点を置く理由を理解できませんでした。私は気の向くままに行動し予測不能で感情的だから、論理の世界に閉じ込められてはたまらないと思い、二人の人格がぶつかったのです。

7　性生活、仲睦まじさ、愛情

　性生活、仲睦まじさ、愛情について語ることは私には難しいのですが、これらは結婚という関係のきわめて重要な一面であり、アスペルガーの結婚では大きな混乱につながりかねません。

　前の章で私たちには感情的な一体感がなかったと書きました。私とギャビンはもっとも親密であるべき状況でも、まるで「一緒にいても、ひとりとひとり」と感じられました。

　二人が出会ったとき、私はとても感情に動かされやすいタイプでした。二人の最初の性的体験はすばらしく、ギャビンは愛情のこもった手紙を何通も書いてくれたので、私は彼を身近に感じました。時が過ぎ、私たちは性についてもまったく違っていることに気がつきました。私は性の官能を楽しみ、ギャビンは行為そのものを楽しみました。私はロマンチックな雰囲気、戯れ、秘密のやりとり、微笑み、しぐさ、二人に生まれる激しい興奮、それらすべてが好きでしたが、ギャビンはテクニックにおいて絶対的達人になることに徹していました。私はただ楽しみたいだけなのに、ギャビンは本で知ったあらゆる技を試さずにいられませんでした。困ったことにギャビンは私にも達人になることを期待しました。つまり、自分たちの性生活を傑作にするために私がどうすべきか教え続けたのです。このため、行為が頭を使わなくてはならないものになってしまい、ふつうにセックスしたら得られる暖かさ、精神的充足、肉体的充足、仲睦まじさが私には懐かしいものになっていました。

一緒に楽しみはしましたが、二人の関係には仲睦まじさが欠けていました。仲睦まじさを辞書で引くと、「ほかの人間と内なる考えや感情のほとんどを分かち合うこと」と出ています。同義語は「親しみ」「近いこと」「一体感」とありますが、どれも私たちの結婚には無縁でした。

ギャビンと私にはもっと大きなコミュニケーションの問題があったので、考えや感情を分かち合うことができませんでした。私はなんとか彼と繋がりたいと思いましたが、可能とは思えませんでした。彼は手の届かないところにいるようでした。最初に会ったときはこの一面が魅力だったのに、何年後かには彼をもっとよく知ろうとすることに疲れていました。繋がりのない関係に私は孤独を感じていたのですが、ギャビンは当時の状態に満足していました。

親密とはお互いの気持ちが通じ合うことです。もし気持ちが通じ合えば、幸福と信頼を感じられ、性生活の喜びが増すと思うのです。私の考えですが。繋がりがもてなければ仲睦まじさもありません。仲睦まじさがなければ、性生活はゴルフやテニスと何の違いもない活動になってしまいます。一晩のことならそれでもいいでしょうが、結婚にはもっと満たされるものが必要です。

親密になれないのは愛がないからだと長年信じていましたが、そうではありませんでした。ギャビンは親密さを必要とせず、心の理論がないために私がそれを必要としていることに気がつかなかっただけのことです。さまざまな機会に私が何を必要としているかを話そうとしましたが、彼はいつもむきになって反論しました。違う考えを受け入れるのは得意ではありません。ほかの人の考えを受け入れようとすると混乱するのです。そのため、たいていはほかの人の考えをブロックし、そんな考え方は無意味だと主張しました。ストレスなんてもうたくさん、これ以上はごめんだ、というわけです。

言葉で繋がりあえないだけでなく、言葉を使わないところでも戦っていました。誰かの性的な興味を呼び起こそうとするのは複雑なプロセスです。ふつう、身振りや表情、アイコンタクトを使います。戯れるのは性的な雰囲気を作り出すのに役立つし、興奮を高めることができます。興奮は親密な場面作りの役に立ちます。コミュニケーションの問題があったので、戯れは無理でした。一緒にいたいという願いは目やポーズや触れ合うことで表現されますが、ギャビンは私のしぐさからそれを読みとることができないので、私が彼の身振りから必死に読み取ろうとしました。相手が何を感じ、何を考えているかわからずに、私たちは混乱し、性の喜びを高めることができませんでした。

「位置について、用意、ドン」という雰囲気はスポーツには最高でしょうが、性的な場面には向きません。もしテニスをしたいのなら、相手にその気があるか聞きさえすればいいでしょう。前段階のいらない活動ならそれも可。でも、メイクラブの場合はもう少し複雑です。何年もギャビンは「そんなことはない」と私に思わせたがっていました。彼の目にはほかの趣味と変わるところがありません。楽しむもの、フットボールやゴルフ、テニスと同じようにマスターすべきものでした。

ギャビンによれば、セックスは楽しむもので、感情はその行為をややこしくするだけでした。私は彼の態度に気分を害しましたが、彼は気にしていないようでした。心の理論がなく、ほかの人の身振りや表情を読めないために、彼にとって感情はとてもわかりにくいものでした。わかりにくさはストレスにつながり、ストレスがあればラブメイキングの気分は高まりません。それで、彼は感情を無関係なものにしておくのが一番と思ったのです。この方法が彼にはうまくいきましたが、私はロマンチックな気分に恋焦がれていました。セックスしたいか、ゴルフしたいか、テニスしたいかという単純な聞き方では、すべての行為があまりに現実的に思えてしまいました。

診断を受けてから、私たちの愛情生活はずっとうまくいくようになりました。もちろん今でも性生活をどう考えるかに違いはありますが、それはほとんどの男女も同じです。パートナー双方の要求が満たされていることさえ確かなら、たいした問題ではありません。ギャビンは、仲睦まじさが私の楽しむ性生活の一面だとわかったので、ときには彼の考えや気持ちを私にも伝えながら私の望みに答えようとしています。そのため、私たちはぐっと近づき、もちろん愛情生活にもよい影響が出ています。ギャビンは私の望みをかなえようとし、私は彼の望みをかなえようとしています。私は今、とても楽しめる方法を性生活に取り入れましたが、ロマンチックなムードに浸れるようにバイオリンコンチェルトを流すことは期待していません。

すばらしい性生活のための鍵はコミュニケーションだということに間違いはありません。心の理論が欠けていればなおさらそうです。直感に頼ることができなければ、言葉で感情、感動、望みを伝えるしかありませんから。これを怠れば、パートナーについてたえず間違った仮定をし、その誤解が親密な場面作りの妨げとなってしまいます。ギャビンと私はコミュニケーションができるようになったので、お互いにとてもくつろぐことができますし、性生活について考え方の違いを笑うこともあります。二人を幸せにしてくれる共通の基盤がありさえすれば、それも悪いことではありません。

最近、ギャビンがセックスとメイクラブを区別していることを知りました。物理的にはオーバーラップするけれども二つは別の活動だと見ているのです。セックスとは考え抜かれた、楽しいもの、ファンタジーいっぱいで、最大級の興奮と楽しみを生み出すもの。一方、メイクラブは官能的な興奮を得る親密な場面を作り上げること、と言うのです。

愛されているかわからない

以前の私たちに話し合える可能性はなく、本当に「一緒にいても、ひとりとひとり」状態でした。故郷から遠くはなれていることも問題を深刻にしました。ギャビンは唯一私の知っている人だったので自分に必要な愛情と暖かさのすべてを彼に求めました。それが彼にはプレッシャーだったに違いありません。愛情は友人、同僚、家族のように、いろいろな人から受け取るのがふつうですから。

私が何かを恋しがっていると彼は感じたに違いありませんが、それが何なのかわかりませんでした。何と言っても、彼は経済的に養ってくれる誠実な夫であり、素敵な家を与えてくれました。新婚の頃、彼が私を心から愛していたことに疑いはありません。表現方法を知らなかっただけです。鍵がいつもの場所にない、ラザニアが軟らかすぎる、ほかの店なら1ドルで買えるイチゴを2ドルで買った、というような些細なことで彼はバランスを失いました。まるで1分前にあった愛情が、場合によっては次の瞬間になくなってしまうようでした。実際にそんなことは起こりませんでしたが、私たち普通の人間は愛し合う人たちがどう振る舞うものか、きわめて明確なイメージをもっているようです。

普通の人が愛するパートナーに望む行動を次にあげます。

■興味と思いやりをもって話を聞く

これはASの人には簡単な仕事ではありません。自分の気に入った話題でなければ集中するのが難しいですから。

ギャビンはいつも自分の話を聞いて欲しがりましたが、私が話すときはすぐに興味を失いました。彼は感情について話すより事実について話すほうがずっと好きで、自分が興味をもたないことについて話しても無駄と考えていました。事実は安全ですが、感情について話すことは未知の領域に足を踏み入れることになります。

思いやりのある聞き手であるには、興味をもっていなくてはなりません。言い換えれば、相手の目を見なくてはなりません。話を理解していることを確かめるために私たちは相手の目を見ます。相手がよそ見をしていたら、聴いていないと思います。ASの人は違います。アイコンタクトは気をそらすので、話に集中するためにアイコンタクトを避けようとします。目は見るだけでなく、感情を表すためにも使えます。「目は心の窓」と言われるゆえんです。ギャビンの目は何も言ってきません。美しい緑色ですが、総じて表情がありません。まるでガラス玉のようです。「頭が空っぽ」のように見えるので不安になることがあります。「ギャビン、何が気に入らないの？　私を憎んでいるようだわ」とよく言いました。もちろん、そんなことはありませんでしたが、彼の感情は目に表れませんでした。しばらくシャッターを閉めているという感じでした。

■パートナーの前では自信をもっていたいし、素《す》の自分を愛してもらいたい

これもASの人たちには難しいことです。間違いを正さずにはいられない、細部に注意が行き過ぎる、本当のことを言わずにいられない、習慣にこだわる、味覚過敏だ、思ったことをそのまま口にする、間違いを恐れる。こんな行動を取られたらパートナーは愛されていると感じられません。もしロミオがジュリエットに「その服は太って見えるよ」「寝室が散らかっているぞ」「君の料理はまずい」と言っていたら、二人はうまくいかなかったでしょう。習慣にこだわって、「夜、きみの所へは行けない。人を訪ねるのは昼間と決めているんだ」と言ったら、恋は花開かなかったでしょう。

普通の人たちは初めて会うと、お互いを誉め合います。見せかけのような気がして私はそれが好きではありませんが、反対に、いつも自分を批判する人たちと一緒でもリラックスするのは難しいでしょう。間違いを質さずにはいられない気持ちについては後の章で述べます。いつもあれこれ批判されたら仲よくなれないとだけ言っておきます。パートナーの自信を削《そ》ぐだけですから。

ギャビンはいつも私に落胆していたようで、ぶっきらぼうにそれを表現しました。私が一番驚いたのは、腹を立てていたかと思うとラジオのラブソングを流して、「この歌、聞いて

ごらん。これがぼくの気持ちだよ」と言うのでした。私にはなぜ彼が愛について話すのかわかりませんでした。いつも私にイライラしていたのですから。

ＡＳの人たちは言葉でわざと人を傷つけようと思っているわけではありません。彼らには遠回しに言う必要がわからないのです。愛がないからではありません。

■病気の時には思いやりを示して欲しい

結婚して初めて私が病気になったときのことです。夕食のとき、具合が悪いと言いました。私は彼がそれで大騒ぎするとは思っていませんでしたが、彼の反応は確かに驚きでした。「こっちに来て、額に触らせてくれ」とか「お茶を飲むかい？」とは言いませんでした。言ったのは「病気なら、ベッドで寝ていなさい。それが病人のすることだろ。何でぼくに話すんだい？」。まだ彼がＡＳとは知りませんでしたので、彼の表情がまったく変わらず同情する様子もないのには驚きました。なぜ私が起きていて、つらい思いをしたがるのかわからなかったのです。

ＡＳであるためにギャビンはほかの人の立場に立つことができませんでした。自分の視点からしか見られませんでした。物事を、それがどう自分に影響するかで判断しました。薄情だったからではなく、ほかの方法を知らなかったからです。彼の事態への取り組み方はいつもたいへん論理的です。病気なら寝なくてはならない。同じ状況なら彼はこの通りにするでしょう。私にも正しい方向を示して助けたかったのです。でも、私はそれに気がつきませんでした。私が受け取ったのは「病気のときのきみは嫌いだ。よくなるまで近づかないでくれ」でした。誤解でした。診断以来、ギャビンは気遣いを示せるようになりました。

およそ1カ月前、ちょっとした出来事がありました。事態の好転を示すものでした。喉の調子が変で、腫れているようでした。ギャビンにそう言ってベッドに入ると、5分後、ギャビンが「大丈夫かい？」と様子を見に来ました。私はうなずき、でも少し心配だと言いました。「5分おきに様子を見に来るよ」とギャビンは言い、実際そのとおりにし、何度も抱きしめて安心させてくれました。

■困ったときには側にいて欲しい

ギャビンは他人の心配事なんて聞きたくありませんでした。自分の分だけで十分でした。私が心配そうにしていると、彼も動揺しました。「大丈夫だよ」も「心配するな」もありませんでした。「どうしてそんなつまらないことを心配するんだ」か「ぼくは自分のことだけで精一杯なんだ。きみの心配事まで聞きたくない。第一、ぼくの問題をきみに何とかして欲しいって言ってないだろ」でした。私が喜んで彼を助けようとしていることに彼は気がついていませんでした。彼が困っているときに私は何度かアドバイスしたのに、興味を示しませんでした。彼は自分のことは自分でというタイプで、人に頼りませんでした。何をしたらいいか自分が一番よくわかっていると自信をもっていました。

私にとって夫婦とはお互いの考え方を理解し、解決法をともに見つけるものでした。困ったときに側にいてくれない彼の態度に、私は愛されていないと感じましたが、もちろんそうではありませんでした。単にギャビンは自分の生活のストレスを増やしたくなかったのです。

ASの人と暮らすのは本当に難しい！

■パートナーと親密なときを過ごしたい

オーストラリアに来てからの数年を思い出して、私たちはよく笑います。夜の外出から戻るとギャビンは寝室に直行することがありました。親密な雰囲気をつくろうと私が「ここに座って、キャンドルをつけてしばらく話しましょうよ」と言うと、ギャビンは「なんでキャンドルを無駄にして、こんな時間に大騒ぎしなくちゃならないんだ？　誰が話したいって？」

と返しました。

キャンドルの灯火の下、愛に満ちた会話は二人を近づけるものですが、ギャビンには通用しません。ギャビンにとって会話は連想の始まりであり、リラックスというよりストレスを生むものとして作用するのです。

夜遅く心と心を通わせたいという私の願いは不合理なものでした。感情に関する事柄について話し合うのはギャビンにとっては悪夢そのものでした。いつも数学で落第している生徒に、「計算が終わらないと眠らせない」というようなものでした。

ASの人は違う方法で愛情を表現する

これは大きな誤解につながります。ASであるパートナーの行動を、「普通の辞書」の助けを借りて解釈しようと思ってもうまくいきません。長い間、私はギャビンに愛されていないと思い込んでいました。口では愛していると言うのですが、彼の行動はそう見えませんでした。

愛されていないと思うとひどい結果につながりかねません。自尊心は萎え、怒り、うつ、罪悪感、自己喪失、不安、恐怖、精神的肉体的不調、体重の増減、免疫力の低下などにつながることがあります。これは辛く、不幸の元です。だから愛情の問題をはっきりさせる必要があるのです。

あなたが結婚していて、アスペルガーであるパートナーに愛されていないと思っているのなら、もう一度考えてください。彼は本当にあなたを喜ばせるためにだけ、あなたとつき合っているのでしょうか？　彼はほかの誰かと一緒にいても居心地がよくないのです。つまり、あなたと人生を共にすることを選んだということはあなたと一緒にいて楽しいということなのです。最近、パートナーに愛していると伝えましたか？　それともあなたへの愛情をもっていないようなので嫌いになり始めているのですか？　どんな気持ちなのか伝えるために相手にがみがみ言っていませんか？　拒絶し続けると相手の恨みを買うことはあっても、改善は望めないということを忘れないでください。

もしあなたのパートナーがＡＳであるために普通の方法であなたに愛情を示せないとしても、愛情がないということではありません。

朗報があります。「行動は学べる」のです。「彼がこれをやってくれるのは私が教えたからなの、彼が私を愛しているからではないの」とパートナーたちが言うのを聞いたことがあります。私はそうは思いません。人を愛することを教えることはできませんが、愛情の表し方は教えられると私は考えます。

幸せな結婚生活を送るために、何がパートナーを幸せにするか学び、できるだけうまく相手の要求にこたえるよう努める必要があります。もしあなたのパートナーがＡＳなら、愛されていないと思わないでください。愛情を表すのが難しいだけなのです。あなたが望んだように彼が行動しなくても、失敗と思わせないように心がけてください。プレッシャーのあるところで何かを学ぶのは難しいし、ＡＳの人は失敗するのが嫌いですから。愛情を表すには身振り、表情、思いやり、直感、忍耐、理解力が必要です。とても複雑なプロセスです。

あなたが誰かに愛情を示そうとしているのに、両手は背中で結ばれ、目隠しされ、口にはテープが貼られて話せないとしたらどうしますか。

「きみの感じていることは何でもわかる」「ぼくたちはそっくりだね」「一日中、きみといたい」。こんな映画のセリフのような言葉はアスペルガーの結婚ではあまり聞かれません。でもそのカップルが幸せを見つけられない訳ではありません。それどころか、ギャビンは私にわかる方法で愛情を示そうと努力していて、私にはそれが何よりも貴重です。

「一緒にいても、ひとりとひとり」状態を何年も経験した後にやっと一体感をもてるようになって私はわくわくしています。

8　友だちをつくる

友人は私にとって大きな存在です。物よりもずっと大きな存在です。うちの冷蔵庫のドアは「友人とは手をさし伸べてくれる人、心に触れてくれる人」「故郷とは友人のいるところ」「友人は人生という庭の花」のような言葉をつづったマグネットでいっぱいです。ギャビンは友情について違う考え方をしていました。彼にとって友人とはすごいテニスの試合をやってくれる人でした。（その人がテニスを上手にできなくなったら、もう用なしです）

ブリスベンで暮らし始めたとき、ギャビンと私には「友人という庭」をつくるのが難しいと気がつきました。私がよそ者なのも原因でした。文化の違いのために似た趣味をもつ人が見つからなかったのです。仕事を探しましたが、ほとんどの場合、もっと若くて経験のある人を求めていました。大学に戻って勉強をやり直すつもりはありませんでしたから、教師は問題外でした。一人ぼっちで、役立たずで、身動きできない感じ。生まれて初めて、あり余る時間をもつことになりました。

しばらくしてジムに通い始めました。しかし、そこにいる人たちは体重を落とすことに心奪われていました。みんなもう仲間がいて、これ以上いらないという状態でした。教師という仕事、スイスでの暮らし、学校の子どもたちが恋しくなりました。スイスを出発する前に、私はオーストラリアに旅行する少女の小説を書き始めていました。子どもたちはその話を喜んでくれて、書き上げたら送って欲しいと頼まれていました。それを胸に、私は小説を再開し、寂しさを紛らわせてくれる一日の仕事ができたと喜びました。

夜、私はギャビンと自分のために料理を作り、テレビを見ました。ギャビンはそれで満足でしたが、私は友だちが欲しくてたまりませんでした。余暇には友人と一緒におしゃべりし、笑い、テニスをし、街を歩き、食事に出かけたスイスでの暮らしとは大違い。人が大好きな私はこのような非常に窮屈でさびしい生活に耐えられませんでした。

書くことがないので実家にはあまり手紙を書きませんでした。家を買うために貯金していたので、外出も、特別なこともほとんどしませんでした。そのころギャビンは市中心部の会計事務所で働き、そこで人との交わりがありました。帰宅したら、穏やかで静かな暮らしを望んでいました。一日中、人に囲まれているのはギャビンにはとても疲れることだっただろうと今ならわかります。夕方は頭を冷やす必要があったのです。一方、私は真空の中で暮らしているようでした。

ときどき夕食に人を招待して、つき合いを大事にしようとしました。それがギャビンのストレスを増すと私は気がつかず、彼も言いませんでした。最近になってやっと、次のように言っています。

人の中にいると、ぼくはいつもスペシャルゲストとして招待された観客のような気がする。いつ自分が話せばいいのか、話すことを期待されているのか、まったくわからない。ほかの人はみんなリラックスしてくつろいでいるのに、ぼくは、いつ自分に何か言う番が回ってくるかを考えている。みんなそんなことで悩んでいないようだ。それどころか、安心しきってしゃべっている。会話の流れはリズムにのっている。ちょっとしゃべって、ちょっとクスクス笑って、また話すという具合だ。ぼくにはその流れがつかめない。

ぼくが加わると、会話のリズムが変わる。少しかしこまって、うまくつながらない。ぼくが緊張をもち込んで、みんなを居心地悪くさせるみたいだ。これを感じ始めると、ぼくは会話のムードをがらりと変えるコメントをしてしまう。いつ、何を言えばいいかわからなくて、人に会うととてもストレスを感じるんだ。

もっと前にギャビンがこのことを話してくれていたらと思いますが、そうはしませんでした。代わりに知識とユーモアという仮面で自信のなさを隠していました。彼はほかの人の前では「トーキングマシン」となり、誰にも口を挟ませませんでした。お金と政治とスポーツのことなら博識で、彼の言うことはとても興味深いものでした。しかし、彼の話しぶりは強烈で、聞く人は疲れ果ててしまいました。自分が特別に興味をもっていることについての情報とジョーク、この二つだけがギャビンの会話の流儀でした。困ったことに、ギャビンはお客さんをジョークの対象にし、からかい、辛らつな意見を口にしました。傷つけるつもりはないのですが、わざとみんなを困らせているように見えました。

お客さんが到着するまでは善意にあふれているのですが、人に囲まれるやいなや、不適切なことを言い始めます。わざとやっていると思っていましたが、それは思い違いでした。ASであるために、人と一緒にいるとてもストレスを感じたのです。それに心を乱して、彼は必死に落ち着こうとしました。今なら不適切な行動がストレス発散の働きをしていたのだとわかります。過剰な刺激を与えられた神経系をリラックスさせようという気持ちがギャビンの言葉の引き金になっていたのです。わざと人を怒らせようとしたのではなく、止める前に言葉が出てきたのです。

ギャビンがＡＳであると知る前は、彼の無神経さに本当にうろたえました。特にほかの人にとって大切な話題でジョークをとばすときは、何と気がきかず失礼なんだろうと思いました。例えば、友人の飼っていた犬が死んだとき、彼はこう言いました。「これは幸運だと思うべきだよ。所詮、犬には何の使い道もない。心配事を増やすだけだよ」

彼はいつも人を困らせ続け、私たちに長続きする友人はできませんでした。特別の友人が欲しくてたまらなかったので、これには悲しくなりました。もちろん、私の振る舞いは役に立ちませんでした。ギャビンが不適切なことを言うといつも私は不快になり、怒った顔をしました。すると彼はお客さんの方を向き、「今の言葉は言うべきではなかった。カトリンが困っている」と言うのです。これでは私が夫にあれこれ指図するえらそうな妻に見えます。お客さんは私たちの間の緊張関係に気づき、雰囲気は台無しでした。

ある日、ギャビンに聞きました、「どうしてあなたは人を困らせるの？　困らせて楽しい？」。ギャビンはびっくりしていました。「もちろん、ぼくをイライラさせなければ困らせたりしないよ。でも、イライラすると意地悪を言いたくなるんだ。口から出てくるものは止められない」

招待がうまくいかないと、すべて私のせいだとギャビンはよく言いました。「招待したのはきみだ。ぼくは客なんて来なくていい。仕事が増えるだけだから。ほら、皿もこんなに洗わなくてはならない」

最近、友人たちと食事をしたとき、ギャビンはみんなの心拍数を計ろうと言い出しました。きっと興奮していたのでしょう。私は56で彼は98でした。ギャビンの休息時の心拍数はなんと70です。これは彼が人前ではリラックスできないことを示しています。人と一緒になると、彼のストレスレベルは指数関数的にはね上がるのです。

アスペルガーの人にとって普通の人との会話は簡単ではありません。地雷原を歩くようなもので、一歩間違えば吹き飛んでしまいます。おかしなことに、ギャビンが行儀よくしようとすればするほど、あっという間に境界線を越えてしまうのです。その場にぴったりのことを言わなくてはと思うと彼は不安になります。みんなを困らせていると思うと彼は混乱し、もっと大きなストレスにつながるという悪循環です。私はギャビンが人前ではストレスを感じることを知っていますから、そのような状況で自分は冷静でリラックスしていようと努めています。今は、ときとして変わった行動をとる彼を、その一面だけで彼を判断しない、理解ある友人たちとだけつき合っています。

ギャビンがＡＳであるとわかったのは37歳のとき。それまでは誤解され、変人扱いされていました。友情が一番大事とは思っていなかった彼ですが、嫌われたくはありませんでした。たぶんジョークが仲間内でポイントを稼いだので、今でも社交の場で使うのでしょう。人が笑ってくれると認められたと感じるのです。

先日、人前でのストレスを次のように説明してくれました。「ぼくが人前でなぜ、強いストレスを感じ、混乱しているか誰もわかってないようだ。みんな、ぼくが自信をもってはっきりと話すのは知っている。そんなにうまくしゃべれるのに、人の話を理解するのに苦労しているとは思っていないんだ。だからぼくは会話を支配し続けるんだ。自分が話している限り大丈夫だからね」

パートナーが人前でうまくやっていくのを助ける

ＡＳの人が人前でリラックスするのは至難の技ですから、アドバイスを与えるときは単純でなくてはなりません。ギャビンが他の人たちとつき合うのを助けるために、私たちは基本的なルールをまとめました。摩擦を避け、ギャビンがもっと快適に過ごせるようにするためのものです。

●第一に、相手やその生活についてのジョークを言わない。
●第二に、自分が特別に興味をもっていることを話しているときは、話をとめて、相手が会話に加われるようにする。みんなが会話に加わっていれば、退屈したり欲求不満になったりせずにすむから。会話にはいつでも二人以上の人間が必要。そうでなければ独り言になってしまう。
●第三に、自分が話さなければ誰も話さないだろうと思わないこと。沈黙も友人には必要。しばらくしたら誰かが新しい話題をもち出すから。
●第四に、性について不適切な意見を言ってはいけない。誰もが自分ほどオープンとは限らないから。
●最後にもっとも大事なこと。トイレに隠れて「税の手引き」を読んではいけない。(ギャビンは以前、ディナーパーティーでストレスを感じるとこうしていた)

■役に立つヒント

●社交の場にはいつも夫婦で、と考えないこと。自分一人で友人と過ごすのをためらう必要はない。
●あまり批判的でない人を招待すること。
●私たちはお客さんとボードゲームをすることが多い。その夜にすることがはっきりし、おしゃべりほどストレスがたまらないので。
●ものごとが思ったようにいかなくてもあわてない。
●リラックスしているときのＡＳの人たちは一緒にいて楽しく、興味深いということを忘れないで。

今、私たちにはたくさんの友人がいます。みんなギャビンが好きで、愉快な人だと思っています。ギャビンの例からわかるのは、周囲が少し我慢し理解してくれれば、努力しようとするＡＳの人たちは人とつき合い、それを楽しめるようになるということです。もちろん節度は重要です。

次に、ギャビンが失敗した誉め言葉の典型的な例を挙げましょう。

●「やせたね。この前見たときは太っちょ母さんに見えたよ」

●「おいしかったよ。この前のお持ち帰り《テイクアウト》とは違うね」

●「そのショートパンツ似合うね。この前のではきみの脚が大木に見えたからね」

●「今日のテニスはよかったね。ぜんぜんボールに当たらなかった前回よりずっとよかったよ」

●「もしぼくに友人ができるとしたら、きみだろうね。でも今はただの知り合いだ」

●「きみの奥さんのダイエット本当にうまくいったね。きみはいつ始めるつもりかい？」

9　家族をもつ――共感と心の理論

オーストラリアに来てから2年して、私は息子マークを出産しました。陣痛が始まって5時間後、助産師がギャビンに、とても痛がっている妻を見るのは辛いかと尋ねました。彼はうとうとしていました。「まさか、子どもを産む女の人はたくさんいるから、痛みがそんなにひどいはずはない。正直言うと退屈だった、永遠に続きそうだったから」と答えました。

思いやりのないことを言うつもりはなかったのです。しかし、ASのために彼はものごとを自分の視点からしか見ることができませんでした。私の出産を見て彼は退屈し、もう夜中過ぎだったので眠かったのです。私にとって出産がどんなに痛く、疲れるものか彼には思いもよりませんでした。それどころか夜通し起きていなければならない自分が気の毒だったのです。確かに映画とは違いました。映画の中の夫は子どもが生まれると感動して涙を流し、妻を抱きしめてどんなに誇らしい気持ちか告げるのですが。

ギャビンはどんなときでも理性的で、行動は理論的で現実的なままでした。感情に流されることはめったにありません。もし彼の絵を描きなさいと言われたら、私は脳の絵を描くでしょう。自分の絵を描きなさいといわれたら、ハートを描きます。私たちは2枚の絵を組み合わせる方法を身につけたので、ギャビンの論理的思考が必要なときにはそれを使い、私のハートが必要なときにはそれを使っています。（私に脳がない、ギャビンにハートがない、ということではありませんよ！）

最初の子どもが生まれた日に戻りましょう。ギャビンは美しい息子を誇りに思い、助産師が腕に抱かせてくれるとすぐに赤ん坊とおしゃべりを始めました。新しいおもちゃをもらった子どもの顔でした。ギャビンはマークの小さな手や足で遊び、ついには空中に少し投げ始めました。「やめて。赤ちゃんは優しく扱って。フットボールじゃないんだから」と助産師が大きな声で言いました。ギャビンは困りました。何も悪いことをするつもりはなかったのです。ただ、遊び相手になる小さな息子ができてうれしかったのです。彼は、腕の中の赤ん坊がただの遊び友だちではなく、感情や考えをもった小さな人間だとは思わなかったのです。その子が将来自分を見上げて、援助とリーダーシップを求めてくるだろう、父親に自分を理解して欲しい、友だちになって欲しいと言ってくるだろうとは思っていなかったのです。

ギャビンに心の理論がないことを示す面白い出来事がありました。出産から5日後、私は数時間の外出を許されたので、ギャビンに服を持ってきて欲しいと頼みました。そうすればアイスクリームショップに行けますから。彼はサイズ8の超ピッタリのジーンズとミッキーマウスのTシャツを持ってきました。妊娠中あまり体重は増えませんでしたが、このジーンズがはけるとは思えませんでした。でもアイスクリームがとても食べたかったので、お腹を引っ込めて、引っ込めてやっとファスナーを上げました。病室は大笑い。こっけいだったのでしょう。きっとギャビンは深く考えもせず私の服を選んだのでしょう。洋服ダンスを開けて、一番上にあるものを選んだに違いありません。あるいは、赤ちゃんが生まれたのだからお腹はすぐに引っ込むと思ったのかもしれません。誰にもわかりません。私が思い出せるのはジーンズがとてもきつくて歩くのが辛かったということだけです。奇異の目やひそひそ笑いに耐えなければならなかったことは言うまでもありません。

もちろん、いつものようには歩けませんが、ギャビンは理由がわかりません。「もう少し急いでくれないか」とイライラして言いました。「これ以上早く歩けない、まだ縫い目が痛いの」と私は答えました。ギャビンは驚いたようでした。産後に痛みがあることなど彼には思いもよらなかったのでしょう。ばからしいと思ったのか、尊大な様子で私を見て、「泣き言を言うな」と言いました。涙が出てきて、私はひどく傷つきました。なぜもっと思いやりがないんだろうと思いました。今なら、ギャビンはほかの人の気持ちを理解するのが難しいとわかっています。自分自身が経験したことのないことなら特にそうです。明らかに子どもの誕生は彼の考えが及ぶ範疇《レパートリー》にはありませんでした。

もちろん、病院にプレゼントを持ってきてくれました。彼らは私をちょっといい気分にしてくれませんでした。しかし、彼の家族は持ってきてくれました。ギャビンはそんな必要を認めませんでした。花は枯れるし、プレゼントは……。どちらにしても私の誕生日ではありません。

毎日仕事帰りにギャビンは見舞いに来てくれましたが、あまり話はせず、ベッドの側のテレビでクリケットの試合を見、途中で買ってきた中華料理を食べました。毎晩、そうでした。甘酢あんのかかったチャーハン。自分の夕食は喜んで買ってくるくせに、私には何も買ってきませんでした。自分は仕事でたいへんだけど、妻は病院で面倒を見てもらっているから必要ない、というわけです。私は気にしませんでした。お見舞いという感じはまったくありませんでしたが、彼が来てくれるのがうれしかったからです。

ついに退院の日がやってきました。義理の母が数日間手伝ってくれることになりました。

ギャビンは買い物をしていなかったので、親切にもピザをとってくれました。みんな腹ペコでピザの配達を待ちきれないようでした。やっと届いてギャビンがふたを開けるとチーズがダンボールのふたに少しくっついていました。義母と私はお腹がすいて死にそうでした。「大丈夫よ」と私たちは言いましたが、ギャビンは我慢できませんでした。こんなもの絶対に食べない、とピザを突き返し、私たちはもう45分待たなくてはなりませんでした。

10　赤ちゃんと新米ママには予測できないことばかり
——変化に対応する

初めはすばらしいことばかりでした。マークは可愛い赤ちゃんで、よく眠り、手がかかりませんでした。でもそれは下痢が始まるまでのこと。下痢が始まると、マークは痛がってよくむずかりました。新米ママは未熟で、たびたび泣く赤ちゃんに悩まされました。

ギャビンは私のこんな面には慣れておらず、この事態をどう扱ったらいいのかわかりませんでした。私を支えるのではなく、私が困っていることに彼は憤っていました。彼は事態が元に戻ることを望みました。自分の家族をもつことを望んでいましたが、それがもたらす変化を受け入れる準備はできていなかったのです。彼には決まりきった日常と予測可能性が必要で、赤ちゃんの誕生はこれを危険にさらしました。親になることはたいへんなことだという思いは彼の心にはまったくなかったのです。

アスペルガーの人と結婚している人たちと話して、「生活上で困ったことが起こると必ず、パートナーは頑固になりストレスが高じているのがわかる」という点でみんな一致しました。パートナーに支えてもらうどころか、パートナーの存在自体が問題をさらに難しくするのです。

困ったことに思えますが、これはちゃんと理解しうることです。ASの人はいつもストレスを抱えていて、かなり深刻な不安を感じています。困った状況では、すでに存在するストレスに新たなストレスが加わり、神経系への過剰な負担となって、冷静さを失わせる場合が多々あります。忘れないでください。私たちのパートナーが問題に立ち向かうのを拒否したとしてもそれは自分勝手だからではありません。日常生活ですでに気持ちが動揺しているので、ほかの人ほどうまくストレスから立ち直れないだけなのです。二つのコップを思い浮かべてください。あなたのコップには4分の1、パートナーのコップには4分の3、ストレスが入っているとします。同量のストレスを両方に注いだ場合、どちらのコップが先にあふれる《オーバーフローする》かは明らかです。一方のコップに欠陥があるからこうなるのではありません。単に量の問題です。

アスペルガーの人と結婚するといつも支援を得られないというのは大きな問題です。でも、これをもう少し広く、違った角度から考えてみましょう。あなたがもう二組のカップルと山へハイキングに行くとします。山小屋に一泊して次の日に帰ってくるという計画です。山頂までの道のりはつらく厳しい。サンダル履きで参加した女性たちはすぐに疲れて、その夫たちにおんぶされて登ることになります。あなたも疲れていますが、パートナーが気遣ってくれる様子はありません。それどころか、あなたに引っ張ってくれと言います。あなたは腹を立て、独力で登るしかないことに憤るかもしれませんが、それがあなたを結局は強くしていることを忘れないで欲しいのです。自分の夫が喘息だと知っていて山に登るのならば、夫におんぶしてもらうことは期待しません。ペースを落として、夫が疲れないように気を配ります。せかしたり、あなたをおんぶさせたりしたら、夫が喘息の発作を起こすかもしれないとわかっていますから、絶対そんなことは望みません。おんぶを期待せず、ちゃんとした靴を履き、パートナーの助けなしで山頂に着けるよう、しっかり食べ、水分を補給するでしょう。

ほかのカップルがくすくす笑っても気にしないでください。山小屋に着いてトリヴィアル・パースート（すごろくに似た雑学ゲーム）が始まれば、あなたが笑う番です。ASのおかげであなたのパートナーは物知りですから、勝利に貢献してくれるに違いありません。あるいは、みんなにおいしい料理を作ってくれるかもしれません。私たちはみんな得意分野をもっています。人に不得意なことを強いてもストレスになり、失敗するだけです。のん気に構えていれば最後にはバランスがとれます。

もちろん最初の頃、私はこれを知りませんでしたし、手助けもなく下痢の赤ん坊の面倒を見るのはたいへんと思っていました。ギャビンは自分が親になったことで生活が変化するのを嫌いました。何もかも変わってしまい、彼はそれについていけませんでした。妻であると同時に母となった私にとって、彼だけに注意を向けることはもうできません。これが彼を混乱させました。マークが生まれるまで、ギャビンが仕事から戻ったとき、私はいつも満ち足りて穏やかでした。母親になった私に自分が何を期待できるか、彼にはまったくわかっていませんでした。その日が平穏であれば私は上機嫌でいられましたが、マークのお腹の具合が悪ければイライラしました。ギャビンはこれをどうしていいかわからなかったのです。

前の章にも書きましたが、ギャビンは私にいつも同じでいて欲しかったのです。でも、無理でした。いつも穏やかで、物わかりがよく、上機嫌でいられるとは限りませんでした。誰かと結婚するのはランプや絵を買うのとは違うということをギャビンは理解していないと私は思いました。ランプなら灯りが必要なときにスイッチを入れるだけ、それ以外のときは邪魔にならないところでじっとしています。絵は決して変わることなく、同じものを見せてくれます。見たいときに見て、それ以外のときにはその場所で家を明るくしてくれます。ものには気を使わなくてすみます。必要なとき、そこにいてくれます。それに比べると人間はまったく違います。人間は変わります。あるときは上機嫌で楽しく、あるときは心配し、取り乱し、怖がり、怒り、病気になります。

ＡＳの人たちにとって感情の世界はとても入り組んでいて、ほかの人の気分の変化にどう対処したらよいかわかりません。最近、ＡＳの若い女性が私にこう聞きました。

「人を怒らせないようにするには、何を、どう言ったらいいのでしょうか。みんな違いすぎます。ある人は私のジョークを笑い、ある人は嫌がります。さらに困ったことに、ある日ジョークを笑ってくれた人が、次の日に私が面白いことを言うとおろおろします。ほかの人が私に何を期待しているのかさっぱりわかりません。いつ物わかりのいい人でいればいいのか、いつ面白い人でいればいいのか、わかりません」

感情を論理的に考えなさいと言われたとします。直感が助けてくれなかったら、とても複雑なものだとすぐにわかるでしょう。ＡＳの人には、この直感という特権がないので、論理的に感情を扱わなくてはなりません。これではほかの人とのやりとりがとても難しくなります。

ギャビンは自分の生活を予測可能なものにするために、私にいつも同じであることを要求しました。でも私はそれを理解していませんでした。私が新米ママとして感じていること全部がギャビンを信じられないほど混乱させているとは知りませんでした。それどころか、私が上機嫌で穏やかなときしかギャビンは私を愛してくれないのだと思って傷ついていました。いつも冷静で落ち着いていたいとは思いませんでしたが、そうしなければならなかったのです。そうしないと二人の間がうまくいきませんでした。

いつもパートナーが満足しているというわけにはいきません。いいときもあれば悪いときもあります。人間ですから。たとえパートナーがそんなに多くの感情をもちたくないと望んでも、感情は私たちにとって欠かせない部分ですからもち続けるしかありません。

新米ママとしてうまくやっていけなかったのは認めます。夕食の準備ができなかったことも多かったし、準備できたとしてもギャビンの好きなものとは限りませんでした。物事はうまくいかず、私は以前ほどのんき気でいられなくなりました。何が起こるかわからないという混乱した状況では、ギャビンはうまくいきません。彼はそれをうまく表現できず、今までより長く仕事場に残り、私は一人で闘うしかありませんでした。私たち母子と一緒にいる意味がギャビンにはありませんでした。家庭生活が難しかったので、彼は仕事を特別の関心事にしようと決めたのです。

この頃ギャビンはカー用品チェーンの財務担当に採用され、12カ月の間に利益を大幅に増やしました。財務の専門家としてこの分野で働けることでギャビンはとても満足でした。仕事場ではすべてが構造化され、ギャビンは責任をもたされ、自分の思い通りに仕事ができました。仕事場では人一倍働きましたが、家に帰ると疲れ、イライラしていました。何もかもあるべきところにないので、彼は苛立ち、がみがみ言うには事欠きませんでした。二人とも疲れ果てていました。私は早く起きてマークの世話をすることに、ギャビンは働くことに。このため言い争いが増えました。時がたつほどギャビンの残業は長くなり、残業をたくさんするからいい生活ができるのだと自分が家にいないことを正当化するようになりました。もちろん、これはいい状態ではありませんでした。最初のころのことで覚えているのは、怖かったこと、混乱していたこと、まったくの一人ぼっちだったことです。

どう事態が好転したか

今になれば、ギャビンには物があるべきところにあり、うまく整えられた、安全な家庭環境が必要だとわかります。ギャビンにはくつろいだ時間をもつことが必要で、苦手なものは変化、予測できない状況、イライラした人たちです。苦手なものは彼の不安を増し、冷静さを失わせる原因になります。ＡＳのために彼は多くのストレスを経験し、これ以上は耐えられないことを私は知っています。

一方、私は自分自身に戻る必要があります。絵ではなく、生身の人間に戻る必要があります。今は自分の気持ちを表現できますから、私が落ち込んでもギャビンはイライラしません。これが普通の生活の一側面であり、自分が解決法を見つけ出さなくてはならないわけではないとギャビンはわかっています。これを知ったことで不安がだいぶ減りました。つまり、ギャビンが支える側にまわれる環境ができたということです。

11　議論は決着つけるべきもの——話し合えない人との結婚

私たちの結婚は急速に悪いほうに傾き、和解は無理と思われました。毎日のように口論し、とても疲れました。ギャビンは猛々しく、決して自分は悪くないと言い張りました。心の理論がないので私の気持ちには気がつかず、一つのことしか考えられないために、自分とは違う意見を受け入れることができませんでした。言い争いは彼にとって正否の戦いのようでした。自分はいつも勝者でなければならず、それ以外は失敗を意味するので彼には耐えられませんでした。

言い争いの最中にひどく私を傷つけることを言いました。それは、彼が思いをうまく口にすることができないからか、あるいは、単にひどいことを言ってストレスを解消しようとしたのか、本当のところはわかりません。理由が何であれ、私にとっていいことは皆無。その言葉のせいで私は、健康的な生活を送るために必要な自信と強さを失いました。ギャビンの無遠慮な物言いに私は苦しみ、それから何時間も感情的に消耗し落ち込みました。

母がオーストラリアにやってきたとき、私の変わりように驚きました。「カトリン、やせたわね。それに、あなたの目の輝きはどこへ行ったの?」。オーストラリアでの新生活がどれほど厳しいか説明できませんでしたし、心配をかけたくありませんでしたので、万事順調というふりをしました。私はそれでもギャビンを愛していましたが、深いところに閉じ込められているように感じていました。泣いて笑ってばかになりたいと思いました。故郷の友だちに会いたい、あの暖かさに包まれたいと切に願いました。ここでの結婚生活は孤独で言い争いばかりでしたから。

さらに事態を悪化させたのは私たちが問題をまったく解決できないことでした。ギャビンは過去にとどまることをよしとせず、単純に進み続けることを私に求めました。でも私にはできませんでした。私たちの抱える問題は魔法のように消えず、積み重なって、私は彼に憤りを感じ始めました、それを望んでいたわけではありませんが、避けられませんでした。何度もギャビンに話しかけようとしましたが、彼には聞くつもりがありませんでした。二人で話し合おうという気配を察知すると、こう言ってさえぎりました。

たまにいい気分なのに、何でそんなことをもち出すんだ。
きみは過去にとどまって惨めでいるのが好きなんだ。
ぼくをきみのレベルまで引きずり下ろすのがきみは楽しいんだ。
きみがこんな気の滅入る話ばかりするから、結婚がうまくいかないんだ。
きみの泣き言にはうんざりだ。

私たちの問題はすべて私のせいだと彼は言いました。私たちが話し合えないからなのに。まったく話ができないという意味ではありません。日常のことについては話していましたが、自分たちの関係については話ができませんでした。まるでギャビンには話のできる項目のリストがあるようで、許可リスト以外の項目に触れることは不可でしたので、自分たちの問題は話し合えず、未解決のままでした。禁止領域でした。ギャビンにとっては過去のことに属し、再び話す必要がなかったのです。
意見の食い違いがあっても、それを取り出して相互理解に達しようと努力する限り、関係を壊すことはありません。私たちはコミュニケーションの問題が大きくて、相互理解ができませんでした。そのため信じられないほど欲求不満が高じ、結婚は壊れ始めました。

ＡＳの読者の方には例をあげて説明しましょう。結婚を維持するのは車のメンテナンスに少し似ています。初めは運転しやすいのですが、ドライブがいつも快適とは限りませんし、ときには部品が壊れることもあります。でも、もう車が走れないわけではありません。しばらくは万事順調というふりをしていることもできます。でも、数週間後に車はどこかの道の真ん中で止まってしまうかもしれません。車をよい状態に保つために壊れた部品は交換しなくてはなりません。もし問題を無視すれば、修理ではすまないほど事態はどんどん悪化します。結婚も同じです。メンテナンスと気配りが必要です。未解決の問題が多すぎると、いつかだめになってしまいます。

ギャビンと私は最初の数年でそこに達しました。私はものごとがうまくいくように必死なのに、ギャビンは協力するつもりがありませんでした。逆に仕事に没頭しました。6時には帰ると言ったのに8時になってやっと帰って来るということが数え切れないほどありました。そして夕飯を食べるとまた仕事に戻るのです。ある土曜日に食料品を買いに行くから車を使いたいと言うと、「ぼくは今すぐ仕事に行かなくてはならないんだ。買い物には歩いていったらどうだい？　後で迎えに行くから」とギャビンが提案しました。言い争う気分ではなかったので、「2時に来てね」と頼みました。

ギャビンは頷きました。私は乳母車に小さなマークを乗せてスーパーマーケットまで行き、買い物を済ませました。2時に終わって外に出、彼を待ちました。しかし彼はどこにも見えません。もう10分間たつと、マークは飽き、アイスクリームは溶け始めました。もう15分待ってから電話ボックスに行き、ギャビンにどこにいるのかと電話をしました。彼は私をさえぎって、「今、ボスと会議中だから、後で電話してくれ」と言いました。私は怒り心頭でした。私たちを長時間、店の外で待たせた上に、悪いとも思っていないのです。タクシーを呼びさえすればよかったのですが、当時はそれもできませんでした。タクシーは高すぎて、問題が増えるだけでしたから。3時半になってやっとギャビンが現れました。彼は謝るなんて夢にも思っていませんでした。謝るのは落ち度を認めることになるので彼にはありえませんでした。こんなに長く待たされて惨めな気分だと言っても彼は気にしません。反対に怒って「ボスに話があるって言われたらどうしようもないだろ。ぼくの仕事はきみのくだらない買い物より大事なんだ」と言うのでした。一言謝ってくれれば状況はよくなったのに、彼のぶっきらぼうな言葉で悪化しました。

この些細な出来事で私は十分でした。私に関する限り、結婚は終わりでした。戦う意欲をなくし、私はスイスへ帰ってマークと新生活を始める気持ちの準備ができていました。

運命は別の計画を私たちに用意していたようです。ギャビンの雇い主がその数週間前に獲得していたマレーシアへの昇進祝いの旅行（すべて支払い済み）をギャビンにまわしてくれたのです。私は気が進みませんでしたが、ギャビンがこれは私たちにとってよい機会で、利用すべきだと強く言うので、この休日が私たちの関係をつくろう助けになることを願って、最後のチャンスにかけてみることにしました。ギャビンの方は、楽しいことがあれば問題は消えてしまうだろうと考えていました。

マレーシアに着くと私たちはスポーツ施設を利用して、大いにテニスを楽しみました。夜にはギャビンがマークと寝、私はせっせと社交の場に出かけました。世界中から集まった人たちと会うのは楽しいものでした。ダンス、演劇、音楽、笑い。私はうれしくてくつろいだ気分になりました。この数年で初めて本来の自分に戻った気がしました。ギャビンと一緒だったら楽しかったでしょうが、彼は社交に興味はありませんでした。翌日のテニスに備えて眠るほうを選びました。

休日は楽しかったのですが、コミュニケーションがうまくいかないのは相変わらずでした。

ときどき私は問題解決しようとしましたがうまくいきませんでした。ギャビンは頑固に話し合いを拒否していました。私の言うことを聴いて欲しい、なぜ私が悲しくさびしい思いをしているのかわかって欲しいと頼みましたが、ギャビンが言ったのは「きみはいつも話したがっている。楽しみをきみのくだらない話でぶち壊しにしないでくれ」だけでした。私は泣き、彼は腹を立てました。この美しいリゾート地でも言い争いばかりで、打ちのめされた気分でした。

マレーシアの休日も私たちの関係を改善してはくれませんでした。私たちはお互い理解することができず、問題は未解決のままで、相手に対する恨みが増していきました。「自分に欠点があると言うのか」とギャビンは私に当たりました。いい生活ができるのは誰のおかげだ、というわけです。私は親密さを感じられずに辛い思いをし、私たちはどんどん離れていきました。

今になればギャビンのせいでも私のせいでもなかったと理解できます。誰かと親密になるとは相手がどう感じ、どう考えているかを知らなくてはなりません。当然ながら、私たちの関係ではこれは不可能でした。ＡＳであるがためにギャビンは私がどう感じているかだけでなく、自分がどう感じているかさえわかりませんでした。私たちは感情について話し合えず、そのため二人の間に距離が生じていました。私たちの関係は表面的なレベルにとどまり、まるでスポーツクラブのメンバー同士のようでした。同じ趣味をもち、同じような食べ物を好み、どの車に乗っているかは教えてくれますが、それだけでした。スポーツクラブならこれで十分でしょうが、結婚はそうはいきません。ある種の親密さに到達するには、うまくコミュニケーションできることが欠かせませんが、私たちにはそれができませんでした。

これには理由がありました。その一つはギャビンがいつもストレスを感じているという事実でした。冷静さを保ち、不安を寄せつけないために彼はすべてのエネルギーを使っていました。彼がくつろいでいると、いつも私が話し合いに誘い、会話がストレスレベルを確実に上げました。彼に理解できない感情の絡んだ会話は特にそうでした。私が聴いて欲しいと迫れば迫るほど彼は避けようとしました。私が後に引かないと、ついにはストレス過剰になって彼は爆発しました。彼のストレスは目に見えず、明らかな理由もなかったので、私にはそれがわかりませんでした。でも、理由はあったのです。電車に遅れまいと駅へ走っているとき、締め切りまでに仕事を終わらせなければならないとき、その人がストレスを抱えているのは理解できます。明らかに急いでいる人と深く、意味のある話をしようとは思いません。もし無理強いしたら、あっちへ行けと言われるか、怒られるでしょう。ギャビンはこのようなストレスを毎日感じていたのです。自分のストレスを高じさせる、問題点についての会話を彼は拒否しました。冷静でいられなくなるリスクを負いたくなかったのです。

会話は自分の得意とするところではないので、ギャビンは会話を通じて問題を解決するのを好みませんでした。得意どころか、ぶっきらぼうな物言いでいつも事態を悪くしていました。感情についての会話が不得意なギャビンは、加わらないのが一番と考えていたのです。結局のところ、ギャビンはほかの人が言葉や身振りで何を伝えようとしているか理解していないし、自分が何を言いたいのかもはっきりわかっていませんでした。

最近、コミュニケーションしたくないもう一つの理由を教えてくれました。彼の頭の中には何百もの考えがいつもあって、それを忘れてしまうのが心配だと言うのです。「ある考えを記憶しようとしているときに会話に誘われると腹が立つ。考え事をしているときは人の言葉は聞いていない。無意識にブロックしている。そうしないといっぱいになりすぎるんだ。いつ話したらいいか判断する必要があるんだ」というのが彼の言葉です。

今ではギャビンが「考えている」ときには邪魔しないことを家族が知っています。「考えごと」はクリケットの試合の途中やＤＶＤを見ているときに起こります。彼はしばらく自分の考えを整理します。「ちょっと待って、今考え事をしているから」と説明してくれます。

何年か前は自分に考える時間が必要なことを話してはくれず、一人になるためにかんしゃくを起こしたのでした。

私たちの結婚が戦場と化したことに彼も失望していたと思います。出会ったときには彼を愛したのに、そのときは敵になっていたのですから。それまで彼の周りにいた人と同じように。本当に悲しいことでした。ASを知らなかったために、私たちは夫婦としての幸せを見つけにくくなっていました。あきらめなくて本当によかった。

マレーシアから帰って妊娠6週目であることがわかりました。運命のとりなしで、一九九三年一月に私は娘ナディアを出産しました。ナディアはロシア語で「希望」を意味します。希望は私たちが必死に求めていたものです。

12　家族にはチームワークが必要

ナディアが生まれても事態は好転しませんでした。ほとんどの夫は母親と赤ちゃんを家に連れて帰るのが待ちきれないと言うのに、ギャビンは急いでいるようには見えませんでした。12時に迎えに来るはずだったのに現れたのは2時半。私は2時間半もベッドに座って一体どこにいるんだろうと考えていました。やっと彼がやって来て言ったのは「テレビでクリケットを見ていたから早く来られなかった」でした。とてもがっかりしました。何も変わりそうにありませんでした。

ギャビンは長時間働き、私は家で二人の幼子と格闘しました。マーク同様、ナディアも下痢が続き、泣いてばかりでした。ギャビンには手伝わなくてはという気持ちはまったくありませんでした。二人は平等に分担している、自分は金を稼ぎ、妻はその他すべてをする、がギャビンの考えでした。彼はチームプレーヤーではなく、助け合うという考えとは無縁でした。

子どもが大きくなり、話し始めると楽になりました。ギャビンはマークとナディアをとても可愛がり、子どもたちも父親と喜んで遊びました。笑わせてくれる楽しい父親でした。ただ一つギャビンに受け入れがたかったのは、おもちゃと違って子どもはゲームが終わっても棚に納まってくれないことでした。子どもには子どもの心があり、計画通りにものごとが進むとは限りません。

例えば、ある晩、夕食にローストラムを作りました。当時のギャビンの好物で、彼は待ちきれませんでした。食べ始めようとすると、よちよち歩きのナディアがトイレに行きました。手を洗った後で、ガタンと大きな音がしました。急いでいくと、ナディアが倒れ、血が出ていました。踏み台から落ちて、つま先を切ったのでした。泣いていたので、側についていてやらなくてはなりませんでした。ギャビンに「救急箱を持ってきて」と言うと、こうわめき返されました。

今ぼくはローストラムを食べているんだ。子どもの頃、ローストラムはごちそうだった。夕食の途中でナディアが踏み台から落ちたいのなら、それはナディアの問題だ。そもそもトイレに行かせたきみがばかなんだ。何とかしろ。誰にも夕食のじゃまはさせないぞ。

この自分勝手な言い方にはショックを受けました。その頃は、なぜギャビンが誰のことも気にかけないのかわかりませんでした。今は、人への共感がギャビンには欠けているからであって無作法なのではないとわかります。ナディアの件は、ギャビンがほかの人の視点でものごとを見ることができないと改めて証明しただけでした。彼はものごとが計画通りに進むことを要求しました。そうでなければ、いつものストレスがさらに増します。今夜は「ローストラム・ディナー」なんだ、邪魔はさせないぞ、というわけです。

その頃の私は物わかりのいい妻ではありませんでした。きっとギャビンは私の不満を毎日感じていたでしょう。彼の行動には失望の連続で、それを隠すことができず、顔じゅうに「かわいそうなカトリン」と書いて歩き回っていました。これではうまくいくはずもなく、問題はこじれました。ギャビンは混乱し、イライラしました。最初に会った頃のように温かく、親切でいてもらいたいと私に望んでいたのに、彼は何も言いませんでした。その代わりに、尊大さと攻撃性という壁の後に感情を隠し、自分はまったく気にしていないような印象を与えました。

私はASを「美女と野獣症候群」と呼ぶことがあります。王子の素顔は仮面の下で、いつも見えるわけではありませんが、自分が理解された、受け入れられたと感じれば、ありのままの自分を出すかもしれないという意味です。

一九九三年、ギャビンは財務担当をやめ、自宅で勉強することに決めました。長い間、仕事は彼の特別の関心事でしたから、新しい関心が必要になりました。何と彼は友人をつくりました。困ったことにそれは女性でした。

13　ガールフレンド

勉強と並行して、ギャビンは自宅を拠点にした果物と野菜のデリバリーを始めました。数週間後、彼はアンナ（もちろん本名ではありません）と知り合いました。お客さんの一人だったアンナは、優しくて素敵な人だったのでギャビンは好きになりました。彼に紹介されたとき、私たちはすぐに仲良くなりました。彼女と楽しんでつき合い、3人で子どもをつれて公園に行ったり、食事に出かけたりしました。

すべてうまくいっていたのは、アンナがギャビンにとって特別な存在になるまで、彼女のことを話さずにはいられなくなるまででした。私は寛大になろうと努めましたが、しばらくするとギャビンはアンナを誉めちぎるようになり、それが私を苦しめました。不公平です。「ギャビンはとても自己中心的だから他人の面倒はみない」と私はずっと思っていましたが、そうではないことを彼は身をもって示しました。明らかに彼にはできたのです。私以外の人のためなら。彼の話にはいつもアンナが出てきました。まるでギャビンの生活の中心になったようでした。私は疑いをもち、アンナに恋しているに違いないという結論に達しました。彼は否定し、二人の友情はまったく無邪気なものだと言いましたが、私は信じませんでした。もし誰かがいつも異性のことを話していたら、それは誰かに夢中の証拠ですから。

ある日ギャビンが「あのさ、アンナとキスしたんだ」と言いました。私はイスから落ちそうでした。「心配いらないよ。それほどよくなかった、きみのときほどはね。でも、誰か別の人とキスするって愉快だな」。私は彼のあまりの正直さに驚きました。私が誰かとキスしたら、それを言いふらしたりしないでしょうに。ギャビンときたら自分の体験を私に教えて楽しんでいました。なぜ私がうろたえるのか彼にはわかりませんでした。ギャビンにとって、アンナとキスするのは違う相手とテニスをしたり、違うゴルフクラブを試したりするようなもので、彼女を愛しているというわけではありませんでした。面白半分で、真剣なものではありませんでした。

私がそれを聞いてどう感じたか伝えようとしましたが、ギャビンには私の気持ちがわかりませんでした。私が誰かとキスしたら、彼は誇らしく思ったことでしょう。彼はそれを誉め言葉ととったでしょう。「ぼくがアンナの夫じゃなくてきみの夫なんだから、きみは幸せだろ。

コンテストで勝ったことになるんだから」と彼は言いました。

私はその論理に唖然とし、理解できませんでした。感情とは完全に分離した、まったくのゲームでした。私にも遊んで欲しかったのでしょうが、私がほかの人とキスすることに興味がないと知って驚いていました。普通の世界ではそれほど簡単なことではありません。結婚している人がよその人とキスすれば大騒動につながりかねません。恋に落ち、結婚を危うくし、ひいては家族を壊してしまいます。

ギャビンは何をするにも結果を考えませんでした。ほかの人の気持ちに関係なく、自分の気まぐれを行動に移しました。アンナとのキスも面白そうだったからやってみただけでしょう。彼の行動は一見、薄情なようですが、ただ心の理論がないことを示しているだけです。言い換えれば、ほかの人の考えや気持ちがわからないのです。自分の視点からしか状況を判断できないのです。妻がほかの人とキスしても自分は平気だ、ならば妻も気にしないだろう、というわけです。何もかも私に話す必要はないのに、彼は話しました。悪意があってのことではなく、私が傷つくとわからなかっただけのことです。

私にはギャビンの心の働き方がわからなかったので、彼とアンナの間で何か起こっているだろうと確信しました。ある日彼女に尋ねると、にっこり笑って「性的なことは何もないわ。

ただの心の友《ソールメイト》よ」という答えが返ってきました。私には、ひどくつらいことでした。何年も私はギャビンのソールメイトになろうと必死だったのに、私は料理人とテニスパートナーに過ぎなかったのですから。この女は私たちの生活に入り込み、私が長く欲しがっていたものを自分が手に入れたと主張していました。

　私に一度もしてくれたことがないのに、アンナのためには全部やっているのを見て、私は唖然としました。彼女の子どもを医者に連れて行き、彼女の悩みを聞き、できることは何でも手伝っていました。アンナは結婚していましたが、いつも夫の不満を口にしていました。ギャビンと一緒のほうがいいと明言していました。アンナにとってギャビンは魅力的でしたから、そう言われても私は驚きませんでした。何と言っても彼女はギャビンの関心の的で、彼は精一杯いいところを見せようとしていました。彼女がギャビンを相手にしなければそれほどひどいことにはならなかったでしょう。顔を会わせるとアンナは「ギャビンはあなたより私のほうが好きなのよ」という思わせぶりな態度をとりました。私はそれが大嫌いで、信じられないほどねたましく思いました。

　ある夜、アンナが電話をかけてきて、離婚しようと思っているとギャビンに言いました。どうやら町に向かう途中で、一晩中踊って悩みを忘れたいと言っているようでした。自分の結婚のことを考えると気分が落ち込んで逃げ出す寸前だと。何とドラマチックな！「彼女のことが心配だ、止めに行かなくては」と初心《うぶ》なギャビン。アンナが彼をもてあそぼうとしているのは明らかでした。「さびしい、助けに来て」。ギャビンに家にいるよう説得しようとしましたが無駄でした。真夜中にギャビンはアンナの面倒を見に出かけました。好きなテレビ番組の途中だというのに。私はベッドで何時間も待ちました。携帯電話にかけてみましたが、電源が入っていませんでした。私たちのことは何も心配していないくせに、彼女のことはなぜこれほど気にかけるのでしょうか。

やっと帰ってきたギャビンは、私が震えながら泣いているのを見て驚き、怒りました。夜通し車の運転で疲れているので涙を拭く気にもならなかったのでしょう。彼は怒って寝ました。どうしようもなく悲しくなりました。アンナの悩みは解決したかもしれませんが私の問題は依然としてそこにありました。

今になればギャビンが私よりもアンナを助けようとした理由がわかります。第一に、アンナの悩みにギャビンは関係ありません。第二に、アンナの夫が悪人なので自分は光り輝くナイトでいられました。そして一番大事なのは、自分の問題を扱うよりもアドバイスするほうが彼には簡単ということでした。自分が人間関係の達人のような気分になれました。これらの側面から、アンナといるほうが報われる気分になったのです。

時間がたつにつれて二人の友情はより強くなりました。ほとんど毎日会い、アンナを誉めまくっていました。ギャビンが彼女を愛しているのは明白でした。それを彼に聞くと「もちろん愛しているよ、彼女は優しいから」。本当のことがわかって私はショックでした。「私より彼女を愛しているの」と聞くと「いや、二人とも同じだ。みんな同じ家に一緒に住めたらいいのになあ」。ギャビンの馬鹿正直にまた唖然としました。わざと私を傷つけようとしているのかと思いましたが、彼は本心を言っただけでした。彼はアンナを愛している。いつも彼女のことを考えている。それでも私たちの関係に変化はありませんでした。私はまだ彼の妻で、二人の子どもの母親でした。

この段階で私はギャビンがＡＳであること、そのため生活一般について違う考え方をしていることを知りませんでした。彼には人の感情より真実を話すほうが大事でした。彼の答えに私が傷ついているのを知って、彼は混乱しました。知りたくないなら、なぜ聞くのだと。無意味でした。普通の人間の世界はもっと込み入っているのだということをギャビンは知りませんでした。ほかの人を傷つけないためにどこまで本当のことを言ってもいいか、人はいつも慎重に推し量っています。普通の人なら恋をしてもパートナーには話さず、秘密にしておきます。それに対してＡＳの人は自分の考えを口に出します。ギャビンは私を傷つけたくてわざと言ったのだと思いましたが、彼の関心の的をわたしにも知ってもらおうとしただけでした。

後になると彼の友情に私がとても否定的だったのを申し訳なかったと思います。これは彼が初めて趣味の合う人を見つけた経験だったのですから。ギャビンとアンナはともにおもちゃ集めが好きで、彼女はギャビンのスターウォーズのコレクションをとても誉めてくれました。二人で限定版のフィギュアを探し出そうとアンティークショップへ出かけるのが大好きでした。二人して現実を離れ、ファンタジーの世界に暮らすことができたのです。ギャビンは楽しくてリラックスできました。それだけのことでしたが、私にはそれがわかりませんでした。

しばらくすると、アンナはもっともっと関係を深めるつもりのようでしたが、ギャビンに私をだますつもりはありませんでした。彼女はそれが気に入らず、どんどん恨みがましくなっていきました。ある日、ギャビンが電話すると、アンナの娘が出て、「いつもやって来て、すごくしつこい人ね。母がそう言っているわ」と答えたのです。ギャビンは傷つきました。アンナの言葉は裏切りでしたから。ギャビンは自分が彼女のことをどう思っているか伝えようとしました。彼女の対応は愛想のいいものではなかったのでしょう、それ以来、電話は二度とかかってきませんでした。その後、ギャビンがよその女性に興味をもつことはありませんでした。彼も学んだのです。

「一人の女性を幸せにするのだって難しいのに、二人なんて不可能だ」

14　病気とつき合う――連想がストレスを生む

　アンナとの一件以後、我が家は比較的問題のない時期を迎えました。マークとナディアは成長し、学校にもうまくなじみました。二人は水泳を始め、上達しました。ナディアは多趣味でしたが、マークはこの新しいスポーツに全精力を注ぎました。泳ぎがうまくなりたいという一心で、泳法の厳しい練習に参加しました。そのシーズンの終わりにはもっとも上達し、もっとも熱心な選手としてメダルをもらいました。

　ギャビンは息子の上達に気をよくして、それを自分の新しい関心事にしようと決めました。二人でさまざまな泳法やテクニックを話し合い、努力が報われることを期待していました。残念ながらものごとは計画通りには進みません。マークは冬の間にクラブを変えねばならず、新しいコーチのもとでの練習は前よりずっと厳しくなりました。選手たちは週に7回ある2時間連続の練習で自己ベストを出すように言われました。

ある日、学校から帰ったマークはのどの痛みを訴えました。私はその日は水泳を休んだほうがいいと考えましたが、ギャビンの意見は別でした。私と違い、彼は自分の身体に聞いてみるということをしません。言い換えれば、自分の体がどう言っているか聞こえないのです。彼は息子に強くあって欲しいと願い、たとえ具合が悪くても練習して欲しかったのです。マークがいやだと言ったとき、ギャビンは息子を弱虫と言い、無理やり行かせました。私は止めさせようとしましたが、うまくいきませんでした。

その後、マークはとても具合が悪くなり、連鎖球菌感染症と診断されました。医者は絶対安静を指示し、抗生物質をたくさん出しました。そして、もし完治しなければリューマチ熱になるかもしれないと言いました。マークはうれしくありません。水泳もだめ、スポーツもだめで楽しみがありません。抗生物質の影響で食欲をなくし、食べることさえ楽しめませんでした。マークは悲しみ、ギャビンは怒りました。何で、今マークが病気にならなければならないんだ。予定外だ。ギャビンはマークの水泳応援を楽しみにし、それが続くことを望んでいました。その頃の彼の特別の関心事でした。それを突然失うことに耐えられなかったのです。

今ならギャビンに心の理論がなく、マークの視点から物事を見られなかったのだとわかります。息子の夢が砕かれたこと、息子がこの厄介な病気と懸命に闘っていることがわかっていませんでした。わかったのは息子が病気にやられていることだけ。ギャビンは病人が身近にいることが特に嫌いでした。ほんの2、3日でもいやでした。彼にとって病気とは弱さであり不完全さの印だったのです。自分は病気にならないのに、なぜほかの人間は寝込んで看病してもらうのか？

事態は悪化し、抗生物質の投与が終わってもマークは回復しませんでした。体重が減り、食べることもままなりませんでした。体力が落ち、線熱も併発していると医者が言いました。何週間たっても回復の兆しは見られませんでした。マークは変わり果て、慢性疲労とよく似た症状を呈していました。そんな息子を見ると胸が痛みました。ときどき私を呼んでこう言うのです。「お母さん、何かできることはないの？　こんなに具合が悪くてくたくたなんてもういやだ」。このときほど自分を無力と思ったことはありません。

マークはたくさんの専門医に見てもらいましたが、誰もわかりませんでした。マークの目に影が見えるので脳腫瘍を心配した医者もいました。CTや胃の検査を受けたりしましたが異常はありませんでした。私は心配で変になりそうでした。マークはそれまでにもう6カ月間学校を休み、目に見える回復の兆しはないままでした。

この状況に対するギャビンと私の向き合い方はまったく違っていました。私は思いやりと愛情で向き合い、ギャビンは自分がうまくいくと思う方法を試しました。ある日、私が部屋に入っていくとギャビンの声が聞こえました。「よくなったら千ドルあげるよ」。マークが言います、「お父さん、千ドルは欲しいよ、でも、残念だけど、ぼくはよくならないんだ」。ギャビンは重ねて言います、「じゃ、2千ドルならどうだい」。マークと私はあきれました。ギャビンはお金の額で回復すると思っているのですから。彼のやり方を笑ったのを思い出します。でも、それはある意味、失礼なことでした。ギャビンはマークを助けようと思ってしたのですから。ギャビンはこの問題を解決する論理的な方法があるはずだと考え、お金を使えばうまくいくと思いついたのです。彼にとっては今までそうでしたから。なぜ、今回はうまくいかないのか？　別の日のことです。帰宅するとマークが一人きりでした。「お父さんはガンで死にかかっているんだ。お母さんには話すなって言われた。知っているのはぼくだけだと思う」と泣いています。私はマークを落ち着かせ、ギャビンにどうしてそんなことを言ったのか尋ねました。彼は自分の計画が功を奏しなかったことに驚いたようでした。「もちろん、ぼくは病気じゃない。ただ、マークがほかの人のことを心配すれば自分の病気を忘れられると思ったんだ」

ギャビンは数日以上の病気をしたことがありません。だからマークの気持ちがわからなかったのです。ギャビンの心にあるのは問題を解決することだけでした。すべてが元通りに、予測がつくようになって欲しかったのです。マークの病気の先行きが見えないことでギャビンは頭が変になったに違いありません。何事も完璧であって欲しいけれど、実際にはそうはいかない。息子は病気でした。本当はどこが悪いのか誰にもわからず、治療法もないようでした。私たちはそれを受け入れるしかなく、できるだけマークを支えようとしました。

私のストレスが高まっているとき、ギャビンのストレスはピークに達していました。自分を見失い、不安で、落ち着かず、心配で、困り果てていましたが、ギャビンはそれを表すことができませんでした。代わりに怒りました。病気のマークに、よくしてやれない私に。元通りになって欲しいとギャビンは願いましたが、彼が何をしようと、どんなに怒ろうと、事態に変化はありませんでした。私にギャビンの爆発をとめるエネルギーはありませんでした。私は何よりマークを助けたいと思い、ギャビンに支援を求めましたが、ギャビンは私の助けを必要としていました。私たちはコミュニケーションがうまくいっていなかったので、助け合うことができませんでした。

その頃、ギャビンは店舗設計の共同経営者になり、家から指示を出していました。車が2

台入るガレージにオフィスを立ち上げ、助手と二人で9時から5時まで働いていました。この状況はとても最適とは言えないものでした。ギャビンに必要なのはまったく異なる仕事のための環境でした。ここでは彼の心はいつも高速回転し、集中できませんでした。

これがわかったのは彼が自分の思考方法を説明してくれたからでした。

ぼくは自分の経験を保存する。目で見た印象や習ったことをコンピュータのように保存する。そして、頭の中で意のままにファイルを開き、出来事を再現することができる。自分の行動を分析したり、訂正したりするときにはとても便利だ。しかし、困ったことにそれを止めたり、一つのことに焦点を合わせたりするのが難しい。一つの考えがきっかけになって次々と出てくる。まるでスライドショーのように次々と出てくるので、どこが始まりかわからないくらいだ。白昼夢を見ているようだ。これが始まるとぼくはとてもイライラして、もとの考えに戻ろうと必死になる。例えば、ラケットのガットの張り替えのことを考えていたとする。僕の心はスイスのテニスチャンピオン、ロジャー・フェデラーのビデオに飛び、次にスイスの美しい自然の思い出に飛ぶ。それから、雪の中でスイスフォンデュを食べている自分の家族の絵に変わる、という具合だ。そこから、ぼくの心はスキーに、娘のスキー事故に、スイスの病院にと変わり続け、次には健康保険、家屋保険、プールのメンテナンスと移っていく。プールのメンテナンスからガットの張り替えに戻るのは簡単なことじゃないというのはわかってくれるだろ。何の関係もないからね。

絶えず連想するというのはとても疲れることなんだ。でもストレス過剰になれば止められる。もちろん、思うほど簡単じゃない。スライドショーを止めるには、関係のありそうな考えをすべてブロックして心を空っぽにする必要がある。何も考えない状態というのは、自分のしなければならない些細な仕事も忘れることだから、理想的な状況ではない。こうなると、自分の人生を制御する力を失っているような気がしてパニックを起こすんだ。自分の頭が連想でいっぱいかまったくの空白かという事実がぼくの毎日のストレス源なんだ。

ギャビンの母親によると、彼が親元で暮らしていた頃、寝室に写真を飾るのを嫌ったそうです。母親が飾ってもすぐにはずしたそうです。ギャビンにとって混乱は連想の引き金です。ギャビンがオフィスに使っていたガレージには連想のもとがいっぱいでした。換気のため、裏庭に続くドアを開け放していました。私が洗濯物を干したり、庭仕事のためにそこを通ったり、最新のニュースを伝えたりすることがありましたし、誰かが立ち寄って話していくこともありました。オフィスのドアは開いていますからあいさつしていく人もいました。それだけならまだしも、そこには話し好きの助手がいました。忘れてならないのがビジネスパートナーの訪問です。仕事の用でやってくるのですが、たいてい長居しました。これらの会話すべてがギャビンにとって終わりのない連想の引き金になりました。でも、困っていることを彼は言い表せませんでした。期待されたように振る舞おうとしましたが、彼は奥底で落ち着かない労働環境と戦っていました。電話が鳴る、人が立ち寄るという混乱に満ちたガレージに一日座っていて、運動をまったくしない生活はギャビンの耐えられる限度を超えていました。

表面的にはリラックスしているように見えましたが、内部ではストレスが蓄積していました。爆発寸前の火山のようでした。私にストレスがたまればすぐわかります。あちこち動き回る、腕をパタパタたたく、慌てふためき、せかせかします。でも、ギャビンはまったくストレスのサインを見せません。爆発するまで本当に静かです。

彼は何も言わなかったので、連想が始まらないように必死にコントロールしていたとは知りませんでした。時折、彼は「ぼくは頭の中でいつもたくさんのことを考えているんだ」とか「今日は考えすぎたので脳が震えた」と言いました。私には何のことだかわからず、注意を引きたいのだろうぐらいに思っていました。

何かが変だとわかるまでにしばらくかかりました。ギャビンはますます注意散漫になり、ときどき彼の言うめまい発作に襲われるようになりました。その場合、彼はすぐ横にならねばならず、私が触ったり話しかけたりすることは許されませんでした。発作が治まるまで目を閉じ、深呼吸をしなければなりませんでした。その間は顔が真っ青ですが、10分もすると彼はたいてい回復しました。とても変なので私は心配でした。

この章の初めに書いたマークの病気はギャビンにとって耐え切れないものでした。時折、内にこもったり、テレビのある部屋にそっと入っていったり、一人で過ごしたりということがありました。マークがテレビのある部屋で休んだり、ビデオを見たりしているので、ギャビンには考え事をする部屋がなくなっていました。このため彼のストレスはかなり増えました。それに数カ月心配し続けたのに、マークには目に見えるような回復がありませんでした。それどころかうつの様相を呈してきました。身体が弱ってスポーツができない、疲れて学校で集中できない、くたくたで友だちと話す気力もない、具合が悪くて食欲もないという具合でした。この状態をどうしたらいいかわからないギャビンはイライラのあまり無神経な言葉を発しました。もう息子を愛していないとも取れる言葉でした。ギャビンの気持ちはその通りかもしれないと思ったときも、私はそれを否定して、常にマークを安心させなければなりませんでした。

今なら、ギャビンがたいへんな恐れと混乱の中にいたのだとわかります。これまでのギャビンはものごとをコントロールでき、自分の有利になるように影響を与えることができました。しかし、今回は手に負えませんでした。何度かんしゃくを起こしても、どれほど怒っても、思ったように事は進みません。自分に十分なお金があり、力がありさえすれば、ものごとは変えられると彼は常々確信していましたが、今回は違うので彼は不安になったのです。子どもたちは頭がよくて、スポーツが得意で、健康。だから自分は完璧な父親だと思われたかったのに。病気は不完全、弱さ、失敗を意味し、どれも彼の軽蔑するものでした。

我が家の生活はひどいものになりました。私は病気のマークと、怒るギャビンと、この困難の中で必死に愛情と安心を求める9歳のナディアに応えなければなりませんでした。バランスも何もなく、すべてが私に降りかかってきました。私は強く前向きでなければなりませんでしたが、支えてくれる人は誰もいませんでした。必要なときに友だちは離れていきました。人はうまくいっている家族とつき合いたいものですが、我が家はそれにあてはまりませんでしたから。我が家は混乱そのものでした。

私はマークをカウンセリングしてくれる医者のところに連れて行きました。しかしうまくいかなかったようで、医者は家族療法を提案しました。しかしギャビンにはそんなことにお金を使う気はありませんでした。ギャビンは悩みについて話すのが大嫌いで、個人的な問題について会話をしてお金を払う人の気がしれないと言うのでした。やっとのことで、私は費用のかかるカウンセリングサービスの電話番号を手に入れました。そこに電話すると医者の紹介が必要だと言われました。医者は自分でマークを診たいので紹介状を書いてくれません。医者のカウンセリングは安くなく、ギャビンは快方に向かわなければ金を払い続けるつもりはないと言いました。このことをカウンセリングサービスに説明して、再考を促しましたが、うまくいきませんでした。誰も助けてくれない。私は完全に一人でした。私は平気な顔をして前向きでい続けようとしましたが、そのストレスは信じられないほどでした。ある日、マークの主治医に電話して、私自身が参ってしまいそうだからすぐに診てもらいたいと言いました。受付は金曜日なら予約がとれるといいました。5日も先です。泣きたくなりました。泣きたい、大声をあげたい、放り出したいと思いました。もちろんそんなことはできません。

子どもたちのために強くなくてはなりませんでした。

　およそ1週間後、医者はマークが回復する可能性はほぼないと知らせてきました。これほど強い慢性疲労の症状をもつ12歳の男児を診たことがないと言うのです。自分が死にかかっているように感じました。しばらくソファに座って、マークが小さかったときの楽しかったことを思い出していました。変装したり、レゴのお城を作ったり、かくれんぼをしたり、粘土で人形を作ったりしたものでした。今のマークは座ってビデオを見る元気もありません。青白くやせて、その姿を見るだけで私は胸が痛みました。そのときほど無力で、悲しかったことはありません。可愛そうにナディアは事態が飲み込めていませんでした。すべての関心はマークに行き、彼女を気遣ってくれる人はいませんでした。ナディアが自分のことを大切に、幸せに感じられるよう、私は懸命に努めましたが、彼女にわかったのは、どれだけ私が疲れ、心配しているかでした。

　私はまだレジャーセンターでアクアエアロビクスを教えていました。2年前にフィットネスリーダーとアクアインストラクターの養成コースを修了していたのです。いい職を得ていましたが、それは活気と明るさで人を元気にしなくてはならない仕事でした。私自身は元気をなくし、マークが回復するという希望をほとんど失っていました。最後の頼みで自然療法家に会いました。彼女は「血液観察」を勧めました。マークの血を一滴とって、24時間顕微鏡で観察する方法でした。その結果、マークが「腸管漏症候群」という状態であることがわかりました。さまざまな要素が引き金になる病気でした。抗生物質は腸内異常細菌の増えすぎにつながることがあるので、引き金の一つです。腸管漏症候群は多くの病気と関係があり、慢性疲労もその一つです。

息子はどこが悪いのだろうと何カ月も考えた末、やっと答えが見つかりました。多くの人がいろいろなことを言いましたが、マークは本当に病気だったのです。仮病でも、ただ落ち込んでいるのでも、家族に反抗しているのでもなく、身体に毒が充満していたのです。彼の腸壁は漏れやすくなっていて、バクテリアや菌類、寄生虫が血流に入っていたのです。微生物や毒素が肝臓の解毒能力を超えていたのです。同時に、腸の炎症がさまざまなミネラルの欠乏を招いていました。

原因がわかってよかったです。次に治療法を探さなくてはなりませんでした。自然療法家はストレスのない環境、栄養補給、ボディワーク（指圧・マッサージを含む治療法）を勧めました。これを考慮して、私たちは休暇を利用してスイスに行くことにしました。家族や友人たちの優しさに触れ、体によいものを食べ、山のきれいな空気の中でスキーをしたのでマークは元気になりました。帰るとき、まだやせていましたが、エネルギーレベルはかなり改善し、ずっと健康になっていました。

その頃私はときどきスピリチュアルカウンセラーを訪ねていました。ほかの人と違い、彼女は私のために時間をとってくれ、費用は手の届く範囲でした。「ものごとが起こるには理由があります。その出来事から学んでもっと立派な人間に進化するのです」と彼女はいつも言っていました。マークの病気が私たちに多くのことを教えてくれました。

何年もすべてのことを自分がコントロールできると確信していたギャビンは、自分よりも強力なものがあることと金が万能とは限らないことを知り、父親には生活費を稼ぐより大事な仕事があることに思い至りました。ギャビンは仕事を辞める時期だと考え、家庭を大切にする投資家になることにしました。ビジネスの才能があったので、投資に十分なお金を貯めていました。

一方、私はギャビンの不適切な行動は見て見ないふりをして、さまざまな状況を自分で何とかすることを学びました。そうすることで、思ったより自分が強い人間であるとわかりました。誰の助けも受けず、マークの病気を乗り切ったことで、私は自信をもち、気持ちが安定しました。

マークは今では16歳になり健康です。学校の大会では2年連続して水泳と陸上競技のチャンピオンです。学業の面でもさまざまな賞をもらい、よい友だちに恵まれた、心身ともに健康な若者です。私たちに心配をかけることもありません。食べ、泳ぎ、テニスをし、走る。何よりも幸せで精神的に安定しています。

ギャビンは一見思いやりのない行動をとりますが、人を傷つけるつもりはありません。心の理論がない、失敗を恐れる、連想が止まらない、事態を予測できないという理由でストレスが非常に高まっているのです。マークがもう泳げないとわかったときにギャビンは興味の対象を失い、自分の不安をコントロールできなくなりました。ASゆえに、彼は自分の気持ちがわからず、自分の混乱を言い表すことができません。マークの病気に立ち向かう唯一の方法が、無視すること、あるいは怒りでストレスを発散することだったのです。どちらの方法も役には立ちませんでした。

今、マークと父親はとても仲良しです。ギャビンは自分がどれだけ息子を愛しているか示そうと何でもしますし、一緒に大いに楽しんでいます。

15　交通事故――めまい発作は命取り

　ギャビンは在宅投資家という新しい仕事を楽しみ、リラックスする時間やゴルフをする時間が取れるようになりました。マークは回復しつつあり、学校に通えるようになりましたが私はまだ少し心配でした。

　前年は私にとって消耗する年でした。ギャビンが家にいるようになってたいへん助かりましたが、疲れることもわかりました。休みなくゴルフのことを話し続け、どのショットも詳細に説明し、私がすべてわかるまで止めないのですから。私が話そうとすると、彼は興味を示しません。夜、皿を洗ってくれましたが、それ以外は私の仕事でした。ゴルフをしていないときはコンピュータで株価を見ているか、テレビを見ていました。私にもそうして欲しいようでしたが、私は「箱」の前で時間を浪費したくありませんでした。私は時間があれば、泳いだり、森を歩いて自然を楽しんだりしました。二人ともマークが健康を回復しつつあることに感謝していたので、言い争いは減りました。

学校が休みになると、一家でメルボルンに住むギャビンの妹を訪ねました。楽しい休暇でした。すばらしい都会を楽しみ、家族や友人と旧交を温めることができました。興奮の2週間が過ぎ、帰るときが来ました。ギャビンは家まで自分が運転すると言い張りました。私に楽をさせたいというのが一つの理由で、もう一つは私の長距離運転技術を試したくない、でした。

おしゃべりしたり、笑ったり、歌ったり、ゲームをしたり、冗談を言ったり、文句を言ったり、けんかしたりとにぎやかな3人組と一緒の車に乗っているのは普通の人でも辛いことですが、ASの人にはほとんど耐えられないことでした。退避場所もなく20時間以上も一緒に詰め込まれてギャビンには危険なほどのストレスがたまっていました。彼の連想癖はさまざまな試練にさらされました。私がアクアのクラスのことを話しているかと思えば、次の瞬間、マークはイアン・ソープの200メートル自由形の記録をもち出す、ナディアは次の演劇ワークショップを話題にするという具合で、私の頭の中で三つの考えが歩き始めます。ギャビンの頭の中では連想によって15の考えが渦巻くことになります。自分の手に負えなくなる前に連想を止められたらの話ですが…。連想が睡眠不足や甘いものの食べすぎと一緒になると、信じられないほど過度の負担になりました。

たくさんの親戚や友人に会ってすでに疲れ、ストレスをためていたので、ギャビンは崩壊に向かっていました。しかし、運転席で彼に何が起こっているのか私たちの誰も気がついていませんでした。甘いものを食べると神経過敏になると知っていながらギャビンは食べ続け、水は飲みませんでした。今は一種の非常事態で、トイレに行かなくてすむように、というのが彼の考えでした。言い争いをしたくはありませんでした。いつも自分で言っているように彼はスーパーマンなのでしょう。

二日目の朝からギャビンはストレスの徴候を見せ始めました。マークがモーテルの部屋に「ウォー・ハンマー」という雑誌を置き忘れました。何かを置き忘れるという癖にギャビンはとても苛立ちます。我慢ができません。その前日、マークは携帯電話をなくしていました。二つのものがなくなったと知ってギャビンは本当に苛立ちました。それに加えて、みんな長旅に閉口気味でした。私はうちに着いたら済ませなければならない雑用のあれこれを口に出し、子どもたちは新学期の学校行事について話していました。ついにギャビンが爆発しました。「どうして黙っていられないんだ！」。3人は黙ってケニー・ロジャースの『ルシール』を聴いていました。

しばらくすると雨が降り始め、私は窓の外を見て家のことを考えていました。そのとき、突然、車が対向車線を横切りました。ギャビンは悪ふざけが好きですが、それは面白いとは思えませんでした。「何してるの」と叫んでギャビンのほうに振り向くと、彼は意識を失っていました。頭を後ろに倒し、口をぽかんと開け、目を閉じていました。即座に心臓麻痺だと思いました。何もかもあっという間で、ハンドルをつかむ暇もありませんでした。車が道を外れ、2メートルの溝を超え、木々の間を走ってやっと止まるのを、私は身を固くして見ていました。煙が充満した車から這い出して、ほかの3人を助けようとしました。ギャビンを引っ張り出そうとした、ちょうどそのとき彼は目を開けて自力で出てきました。ありがたいことにギャビンは生きていました。私は子どもたちを安心させようとしました。二人とも舌をかんでいて、擦り傷切り傷がいくつかありましたが元気でした。私自身は苦しくてもだえていました。息ができないほどだったので体の内部に損傷があるのではないかと心配しました。

しばらくすると救急車が来て、全員病院に運ばれました。そこで私は胸骨骨折と診断されました。ギャビンは気分が悪く頭痛もありましたが、診察した医者は原因を見つけることはできず、最後には脱水症状のせいにしました。もし脱水で意識を失うのなら、晴れた日に車に乗っているオーストラリア人の半分は意識不明になるでしょう。

　ギャビンには過度の負担がかかっていたと私は確信しました。事故を起こす前にめまい発作が来るのを感じたが、道路わきが溝だったので車を止められなかったと、後にギャビンは言いました。意識を失うまで、溝を飛び越えるつもりはなかったのです。

　警察は私たちが生きているのが信じられない様子でした。車は修理不能なまでに壊れていて、雨のおかげで命拾いしたようでした。地面が軟らかくなり、衝撃を吸収したのです。硬い地面だったら宙返りを起こしていたでしょう。その雨の日、アーミデールには、守護天使がいたに違いありません。退院後モーテルに3日間滞在し、車を借りて家に向かいました。私はまだ痛みがとても強く、心的外傷後ストレス障害（ＰＴＳＤ）の徴候がありましたが、ほかの3人は明るく、生きていることを喜んでいました。

　ギャビンは事故のことをすまないと感じていました。それまで自分のことを、無敵で、完璧な、彼の言葉を借りれば、スーパーマンだと言っていたのに、自信がもてなくなったのです。自分のコントロールを超えたところでものごとが起こる、理由があれば起こると、もう一度彼は学ばなければなりませんでした。運命が私たちに抵抗しがたい事態を与えて、ＡＳを知らせたがっていたかのようでした。手に余る事態に見舞われたときだけ、お互いをつぶさに見つめる必要がありますから。

何年かたつうちに、私はギャビンの脳が活発すぎるとわかりました。私の理解を超える密度で彼は考えることができます。事故後、私はギャビンを神経科医に行かせました。その医者は意識を失ったのはたぶん側頭葉てんかんの発作だろうと言いました。脳電図（EEG）は異常な電気的刺激をはっきりと示し、磁気共鳴画像（MRI）は脳に傷のあることを示していました。医者は薬を処方し、「めまいの発作はギャビンがリラックスしようと努力しなければ改善しない」と言いました。

今、ギャビンが運転するとき、私たちは彼のストレスレベルを意識し、できるだけ彼がリラックスできるように注意しています。音楽を聴いたり（『ルシール』はだめです）、一度に20ものことを言わないようにしたり。ラッシュに遭わないように計画をたてます。もし旅行の前にストレスを感じていれば、それが車に乗っているうちに和らぐのは難しいとギャビン自身わかっています。私たちは続けて3時間以上車を運転しません。遠距離の移動には飛行機を使います。ギャビンは自分のストレスレベルに敏感になり、私たちが騒がしいときにはそれを伝えます。ギャビンは運転がうまく、これらのことに注意すれば何の問題もありません。

ＡＳはさまざまなところに姿を現します。事故は命にかかわったかもしれない危険なＡＳとの出会いでしたが、私たちを診断に導いてくれました。ギャビンの考え方に具合の悪いところがあるのは明らかでした。彼は正常域を超えたストレスレベルを経験しているようでした。

16　身体はあるけど心はない——一緒にいても ひとりとひとり

事故の後、生活はなんとか普通に戻りました。折れた胸骨はもう痛みませんでしたが、私は依然として、いわゆる心的外傷後ストレス障害に苦しんでいました。それはパニック発作やめまいとして現れました。治療のために主治医は奇妙なイラストの絵本をくれました。その本では不安が毛むくじゃらのモンスターとして描かれています。私と一緒にその本を読んでいたギャビンは、「ぼくは毎日、その生き物と暮らしているような気がする」と言いました。それが私のことではないと確かめて、私たちは興味深い会話をしました。初めて自分がどう感じているか、その本の中の言葉とイラストの助けを借りて、彼は口にすることができました。彼はいつも自信満々に見えたので、不安に苦しんでいたと知って私は驚きました。

私の不安は一時的なもの、事故のトラウマによるものでしたが、ギャビンの場合は常に一緒のようでした。これで彼のイライラがわかりました。映画『スターウォーズ』のヨーダが言うように、「恐れは怒りに、怒りは憎しみに、憎しみは苦しみにつながる」のです。

ギャビンがいつも不安を感じていると知って、私は彼の神経系に何か潜在的な問題があるのではないかと考えました。どこかが変でした。彼の慢性的ストレス、不安、めまい発作、不可解な気分変調の原因を探そうと私は必死でした。

診断の2カ月前に書いた日記の出だしに、そのときの私の感じていたことを書いてあります。

ギャビンのことが本当に心配だ。一日の半分はテレビを見ている。話もせず、ずっと画面を見つめている。何事も彼の気に障り、イライラするらしい。時折怒りを爆発させるとき以外、まるでそこにいないかのようだ。くつろげない。私はいつも次の爆発を待っている。最近は家族にも興味がないようだ。何時間も続けてクリケットの試合を見ている。彼がすべてを消し去りたいと思っているのではないかとびくびくしている。ただ存在するだけのために彼は意識的に努力しているかのようだ。テレビは生活の代わりにはならない。私は笑い、人に会い、楽しみ、学びたい、自然を楽しみたい。何に誘っても断られると私の情熱も失せる。山を動かそうとしているみたいだ。私のエネルギーが続かず、いつか自分も子どもも元気づけられなくなるのではないかと心配だ。何かがおかしい。そう感じる。

日記では気になるほかの行動にも触れています。ギャビンにはまるでスイッチを切るように、外界から自分を閉ざす傾向がありました。肉体は存在しているけど、精神は不在。身体はあるけど心はない。ドナ・ウィリアムズは彼女の本『Somebody Somewhere』(『自閉症だったわたしへII』新潮文庫　一九九八年　河野万里子訳)でこの現象を正確に書いています。「わたしプラス彼の身体 マイナス 彼自身」と。

本当にはそこにいない人が肉体的に近くにいるとは変な感覚です。ギャビンがスイッチを切ってしまうと、彼の姿は見えるのに存在が感じられないのです。彼と同じ部屋にいるのにまるで一人ぼっちのようでした。とても苛立たしかったです。口では説明できませんが、外から見るとすべて普通なのに、彼が落ち着いているために私のストレスが増すのでした。すごくイライラしました。まるで「一緒にいても、ひとりとひとり」でした。

ギャビンはときどき誰かを怒鳴って自分を立て直すのですが、それが私にはわかりませんでした。彼は並の人よりずっと目ざとく、多く聴き、多く見、多く考えます。そのため、騒音や視覚、臭い、連想によって常に攻撃を受けているように感じています。何を取り入れるか選り分けることができないようでした。例えばショッピングセンターで、私はあれこれ見て楽しみますが、ギャビンは明るい光、騒音、傍らを大急ぎで通り過ぎる人たち、さまざまな商品、すべての視覚的刺激がストレスでした。まるで照明で眼くらましにあったウサギでした。混乱し、そもそも何のために店に来たのか忘れます。いったんこうなると、彼の心はさまよい始め、連想の引き金が引かれます。あっという間に20、あるいはそれ以上の考えが駆け巡り、完全な混乱状態になります。うつろな目で、虚空を見つめて立っている彼に気づくのは私には珍しいことではありません。

何か小さなことに没頭せずに、ただそこにいるというのはギャビンには難しいのです。ある日、レストランで彼が「きみに今、何が見えているかい」と聞くので、「通り過ぎる人、たくさんの車、あなたの顔と私の飲み物」と答えました。ギャビンにはずっと多くのものが見えていました。ナンバープレート、レストランの看板、テーブルナンバー、犬、テーブルクロスについたマーク、ほくろのある男、ひげが生えているように見える女、落書きなど。彼に見えているものだけで何ページにもなりそうです。間違いなくギャビンの方が細部まで見ています。もっとよく見ろと言われれば私にもできるでしょうが、夫とレストランにいるときには、たいして重要でないものには視線を注がず、私はそのときを楽しみます。

彼の敏感さは驚くほどですが、それゆえ疲れるのでしょう。これに対処するため、彼はときどき外的刺激を遮断しなくてはなりません。私はそのことを知らず、彼自身も知りませんでした。でも彼の行動にその様子が現れました。

視覚による刺激や騒音、思考でいっぱいになると、彼はいつも散らかっていないテレビ部屋へ行き、クリケットを見ていました。何日間もいることもありました。一緒にプールに行こうと誘うとついてきましたが、イヤホンでクリケットを聞いていました。彼はいるけどいない。今なら、テレビを見るとくつろげるのだとわかります。スポーツを見ても連想の引き金になりませんでしたが、プールに行くと感覚刺激がいっぱいでした。イヤホンをすれば、芝生に寝転んだり、望まない思考を遮断したりできたのです。私にはそれがわからず、家族と過ごすことに興味がないのだと思えました。

今では、ギャビンは平穏が必要になるときには教えてくれます。私にとって、彼と関係なく予定を立てられるので、これには助かっています。私はいつも静けさを望んでいるわけではなく、ときには刺激を受けたいと思っています。自分に合う方法でそれぞれ別々に過ごした後は、今までよりもっと幸せな時間を二人で過ごせるようです。

幸いなことに私たちには夫婦で楽しめる共通の趣味がたくさんあります。テニス、スキー、ボディサーフィン、ゴルフのような運動です。私がアウトドア、人とのつき合い、エクササイズを好むのに対し、ギャビンは知的な活動に興味があります。それにスポーツを見ていれば余計なことを考えずにすみます。最近までギャビンは私と散歩に行きたがりませんでした。視覚刺激や私のおしゃべりが手に負えなかったのです。今では私が出かけるとき、よく一緒に行きます。MP3プレイヤーを持って行き、私のおしゃべりにうんざりすると、イヤホンを耳に差し込んで、しばらくスイッチオフにしています。奇妙に見えますが、二人は手をつなぎ、私は鳥のさえずりと色とりどりの木々を愛で、彼は音楽を楽しんでいます。私たちは気にしません。少なくともその方法なら一緒にいられるのですから。

自分たちがどう感じているかを伝えるのはアスペルガーの結婚にとってとても大事なことです。違うということはパートナーがどういうつもりなのか、理解できるとは限らないということですから、誤解を避けるために話し合い、何が必要か説明しなくてはなりません。日記をつけ始めてから2ヵ月後、ギャビンがASであることがわかりました。それで事態は好転しましたが、一夜にして問題が消えるわけではありません。私たちが今でももがいている様子と、事態を悪化させないための方法を次の章で紹介します。

17　エネルギー理論――わたしのかんしゃく対処法

数年前、ジェイムズ・レッドフィールドの『The Celestine Prophecy』（『聖なる予言』角川書店　一九九六年　山川紘矢＋山川亜希子訳）というすばらしい本を読みました。その本は、多くの哲学的な問題とともに、人間は感情的エネルギーを必要としていて、それが日常生活で幸福を見つけるために欠かせない源であると述べています。栄養をとり毎日運動することで身体エネルギーが得られることを、私たちの多くはよく知っています。感情的エネルギーで自分を満たすことはずっと難しい課題で、アスペルガーの結婚では特にそうです。私はこの問題の専門家ではないので、次の段落で述べることは、ジェイムズ・レッドフィールドの哲学的教えに基づく私の考えに過ぎません。

うまくいっている関係では、二人がともに高めあい、励ましあい、元気づけあうことができます。アスペルガーの結婚では、このエネルギー交換が起こらないようです。「定型発達（普通)」の方はエネルギーを差し出しますが、受け取るものは何もなく、常に消耗する感じです。ASであるパートナーはストレスと不安のレベルが高いので、自分のエネルギーを保つだけで精一杯、分け与える分はほとんどありません。何があろうと、相手は自分に必要な分は確保します。一種の自己保存の技です。これに加え、コミュニケーションがうまくいかないために、見えないバリアによってエネルギーの流れがさえぎられ、事態を悪化させます。

日常生活のエネルギー源

パートナーからエネルギーをもらえないと世界が終わるわけではありません。ただ、別の源を探す必要に迫られます。ほかの人の助けを借りずに自分にエネルギーを補給できるようになれば、自立し、関係を改善することができます。

私が見つけたエネルギー補給法は、森を歩く、いい環境でテニスをする、友人と遊ぶ、花壇に水をやる、誰かにプレゼントを買う、家の周りをぶらぶら歩くなどです。ギャビンはこれらの方法ではエネルギー補給できません。道を探すというようなやる気の出る課題がない限り、森歩きにはすぐ飽きてしまいます。テニスが一番でしょうが、つまらない試合だとエネルギーを搾り取られてしまいます。友人と遊ぶのも、相手にスポーツをするつもりがなければむしろ退屈します。スポーツなら、おしゃべりでストレスがたまることもないので、ギャビンは楽しんでつき合います。彼にエネルギーをくれるのは友だちづき合いではなく、自分のしたゲームの質なのです。花壇の水やりはうんざりすること間違いなしです。決してしないほかの雑用をギャビンに思い出させますから。彼は二度と芝生を刈らなくてすむように裏庭にコンクリートをせっせと張りました。プレゼントを買うのは決断が必要なうえにお金の無駄に思えるのでストレスがたまります。家の周りをぶらぶら歩くのも彼はしそうにありません。テレビを見ていなければ、あれこれ考えてしまうのです。

日常生活がＡＳの人にエネルギーを与えるとは限らないようです。むしろ、消耗させているのかもしれません。

アスペルガー症候群の人にエネルギーを補給する

ＡＳの人にとって、特別に興味をもっているものをマスターすることが最善のエネルギー補給という場合がたくさんあります。コンピュータの前やテニスコート、あるいは大学で経験した成功の記憶はとても重要で、ほかのもので置き換えることはできません。例えばギャビンの場合、テニスやゴルフでいいゲームをすることが何よりのエネルギー補給です。

普通の人はエネルギーが補給されるとその状態を何時間も保つことができますが、ASの人は獲得したエネルギーをあっという間になくすことがよくあります。ストレスレベルが高いためです。エネルギーがなくなると打ちのめされた感じです。すばやく補給しようとして、私たち人間はほかの人に目を向け、その人からエネルギーを盗もうと次の四つの方法をとります。

■怒り

言葉を使って、あるいは身体で人を脅すとその人からエネルギーをとることができます。学校でよく見られる行動です。ストレスを抱えた児童生徒がかんしゃくを起こして、自分のエネルギータンクを満タンにすることはよくあります。いじめも同じ目的のために、ほかの子どもを苦しめます。

■よそよそしさ

私たちが不可解でよそよそしい態度をとると、周囲の人は私たちが何に困っているのだろうと考えてしまいます。私たちが何を感じ考えているのか、その人たちにわからないままだと、その人たちからエネルギーをとっていることになります。アスペルガーの結婚ではこの行動が意図せずに起こっています。ASのパートナーに相手のことを考える心の理論がないからです。定型発達の人なら、パートナーの心で何が起こっているか理解しようと努力しますが、ASであるパートナーは身振りや表情が読めなくて困っているだけ、というわけです。相手の感情や考えをでたらめに推測しなくてはならないとしたらとても疲れます。だからコミュニケーションが大事なのです。パートナーがどういうつもりなのかあれこれ考えなくてすんだら、両方とも生きるためにもっとエネルギーを使えます。

■質問

他人の生活のあら探しをしようと詮索し、その行動を批判することもエネルギーを盗む効果的な方法です。個人的な質問の標的にされた人は、質問する人の意図がわからないことが多く、その人の目を気にするようになります。この行動は害のないただのおしゃべりのように見えても、人を見下したような態度のために、質問される方はエネルギーを吸い取られ、質問する方はエネルギーを補給します。

■自己憐憫《れんびん》

自分たちに起こっているすべての災難は誰かのせいだと思わせるには、自己憐憫というエネルギー抜き取り法を使います。自分たちの不幸を誰かのせいにし、必要なときにいてくれなかったと暗に責めるのは、その人からエネルギーを奪うすばらしい方法です。自己憐憫は四つの中でもっとも受け身の方法ですが、効果がないということは決してありません。アスペルガーの結婚ではこれはとてもよくあることです。私たちは悩んでいるとき、一人ぼっちだと感じ、それはＡＳであるパートナーの接し方に問題があるからだと相手のせいにしようとします。その気持ちは理解できますが、やはりそれは相手からエネルギーを取ろうとする行動です。

エネルギーバトル

残念ながら誰もが自分に最適の方法でエネルギーを手に入れようと戦っています。怒り、よそよそしさ、質問、自己憐憫という方法がありますが、相手のエネルギーを奪ってしまえば、相手は仕返しとして私たちをエネルギーバトルに引き込みます。このバトルが世界中で起こっているほとんどすべての言い争いの本質です。ＡＳであるパートナーはエネルギーを短時間に失ってしまい、私たちもいつも消耗しているので、アスペルガーの結婚ではこのバトルが絶えません。

ギャビンが腹を立て、悲しみ、よそよそしく、批判的なので私は何年も疲れていました。多くの場合、ギャビンは私のエネルギーを奪うのに怒りを使い、私はそれを取り戻すのに自己憐憫を使いました。一度始まったバトルは決して終わろうとしませんでした。

このパワーバトルに参戦すると結婚を壊すことになるかもしれないので、できるだけ早く終結させねばならないと気づくことが大切です。もちろん簡単ではありません。私たちの本能は仕返しをし、失ったエネルギーを取り返すようささやきますが、うまくいきません。取り戻すどころか、もっと失ってしまいます。ＡＳであるパートナーはエネルギーを盗む達人で、分け合うつもりはありません。次の状況に覚えがあるでしょう。

あなたが落ち込んでいるとき、「自分の方がもっと気分がふさいでいる」というパートナーの言葉を聞いたことはありませんか。パートナーの怒りに対抗してあなたが大きな声を上げたら、火に油を注いだだけだったという経験はありませんか。少し距離を置こうと思ったら、パートナーの方はもっと距離を置いて、問題を解決しないまま寝てしまったということは？

最後に、彼を非難しようとしたことは？　やめておいたほうがいいですよ。もし私が非難したら、ギャビンは私の気に入らないところのリストを出すでしょう。あるいは怒り出して、私のごくわずか残っていたエネルギーさえ取り上げてしまうでしょう。

ＡＳであるパートナーのエネルギーを盗もうとしてもうまくいきません。しっぺ返しの方が大きいでしょう。アスペルガーの人たちは日々のバトルのためにエネルギーを貯めておかなくてはなりませんが、それは私たちも同じです。エネルギーバトルのない結婚生活を送ることは不可能ですが、爆発を減らせば、関係は間違いなく改善するでしょう。

エネルギーバトル回避法

■エネルギーを補充できる活動を見つける

人によって違いますが、水泳、ウォーキング、読書、絵を描く、よい映画を見る、親切で元気のでる友人と過ごすなどの活動が入るでしょう。いい気分になれれば何でもよいのです。

■エネルギーを保持する

エネルギー泥棒は社会のいたるところにいます。職場、遊び仲間、ジム、パブと、どこにでもいます。自分のエネルギーを維持したいなら、「泥棒」がだれか認識し、できるだけその人たちから距離を置くことです。気持ちが盛り上がる活動に参加してエネルギーを得ることが第一のステップ、それを維持するのが第二のステップです。自分のもっているものをなくせば、ほかからとろうとする危険があります。

結婚も同じです。もしパートナーが自分のエネルギーを盗もうとしているのがわかれば、それを止めさせ、仕返ししたい気持ちを抑えなくてはなりません。冷静にその場面から抜け、エネルギーの湧く活動に移るのがベストです。パートナーにも特別興味のあることにしばらく熱中してもらいましょう。お互いのエネルギーを吸い上げずに補充することができます。

■パートナーのエネルギーをとらない

パートナーが自分に何をしているかだけでなく、自分がパートナーに何をしているかをしっかり見ることがとても大事です。信じられないかもしれませんが、落ち込んでいるときは私たちもエネルギー泥棒をしています。アスペルガーの行動は我慢しがたいものですが、愚痴を言っても何にもなりません。「あなたは絶対に手伝ってくれない」「なぜ私に話しかけないの」「私の友だちが落ち込んでいたとき、ご主人は食事に連れて行ったそうよ」なんて何度も言っていませんか。それが本当に意味するところは「あなたは絶対そんなことしてくれない。私が落ち込んでいても気がつきもしない」です。こんな言い方もエネルギーを吸い取ります。

アスペルガーの結婚には自己憐憫で相手のエネルギーをとる機会がたくさんあります。実際、私たち自身エネルギーが枯渇することが多いので、いつもこの行動に陥る可能性があります。診断を受けた後はこのリスクが高まるかもしれません。自分たちが難しい状況にいることがはっきりし、自分を哀れに思う理由ができるからです。愚痴を言い続けていても結婚はうまくいきません。私たちのパートナーは十分なエネルギーをもっていてこそ、新しい行動を身につけることができます。エネルギーがなければもっと同居しづらい人になってしまいます。

理論を実行に移す

書くのは簡単ですが、実際にエネルギーバトルを回避するのはとても困難です。ギャビンと私は最近、2週間も続くバトルを経験し、お互いのエネルギーを吸い尽くしました。私の気分が悪かったのがことの始まりです。ふだんなら私はエネルギーいっぱいで、それを家族に分けています。ただそのときは、胃の調子が悪くて、元気がなく、差し出すエネルギーがありませんでした。人とつき合えず、散歩にも行けなかったのでエネルギーをもらいたいほうでした。もしギャビンが気遣ってくれたらよかったのですが、彼はむしろ私の健康状態にイライラしていました。ほんのちょっとの思いやりが欲しくて、「このごろ調子がよくないの。何を食べてもむかむかする」と言いました。するとギャビンは「クラブに行ったらどうだ。ぼくも具合が悪いんだ。僕のほうが胃の具合はもっと悪いんだ。きみは同情が欲しいだけの、ただの心気症だ。愚痴を聞きたくて結婚したわけではないし、金を稼いだわけでもない」と言ったのです。

私はとても悲しくなり早く寝ました。この疲れる結婚に何の希望ももてなくなっていました。本当にもう終わりだと思いました。次の朝、私は突然、エネルギー理論を思い出しました。本のその章を読んで、何が起こっているのかよくわかりました。私の不調がギャビンのストレスになっていたのです。これは彼にも答えがわからない、新しい事態でした。彼なりに最良の適応法「無視」にたどり着いたけれども、うまくいきませんでした。彼がどう無視しようとも私の健康は戻りませんでした。これが彼には大きなストレスで、彼のエネルギーは枯渇してしまいました。それで彼は四つの方法を使って自分のエネルギーを補充しようとしました。どれほど怒ろうと、突き放そうと、具合が悪くなろうと、私が最後にたどり着いた医者のくれた薬の量を詮索しようと、ギャビンは私からエネルギーを補充することはできませんでした。私の方は自己憐憫に浸り、そのつもりはないのに彼からさらにエネルギーを奪っていました。彼もエネルギーが欲しくてたまりませんでしたが、2週間雨続きだったので、大好きなテニスやゴルフでエネルギーを補充することができません。私は具合の悪さと、私の気持ちをわかってくれない彼の様子にエネルギーを失っていました。彼と同じく、私も身体が弱って歩いたり泳いだりできず、いつものエネルギー源から補充できませんでした。二人とも力が尽きて、相手からエネルギーを吸い取りたくて仕方なかったのです。

何が起こっているのか気がつくと、私たちの結婚を維持するためには、私がギャビンのエネルギーを補充するしかないと思いました。その朝、ギャビンが台所に入ってきたとき、私は「今日の服、素敵ね。そのシャツを着ているとプロのテニスプレーヤーに見えるわ」と言いました。彼はうれしそうでしたが、けげんな顔をしました。「ケンカ中じゃなかったかな」。自分の関心事を誉められて獲得したエネルギーは、ナイフが引き出しの定位置になかったことであっという間に消えてしまいました。「誰がこんなにめちゃくちゃにしたんだ」。私がナイフを取り出そうとしていたのに、わざとこんな聴き方をするのです。質問者の再登場です。その言い方は気に障ると言いたかったのですが、私はスイッチを切り替えて、頭の中で鼻歌を歌い、スイスでのスキーを思い、私がどれだけ散らかし屋かと言う彼の声を聞き流しました。反撃の代わりに、彼の言葉に同意してナイフを戻しました。

朝食の間はありふれた会話をし、私たちがボランティアとして働いている「オーストラリア・アスペルガー・サービス」に行く時間になりました。「ぼくは行かないよ。何でいつも他人のために働かなくてはならないんだ」とギャビンが言いました。彼のコンピュータ技術は大いに必要なのですが、「わかった、一人で行くわ」と私は言いました。私が車を出そうとしていると「待って、一緒に行くから」とギャビンが飛び出してきました。その朝、オフィスで彼は優しく私の頭をなでてくれました。その後、私の手をとって、気分はどうかと聞いてくれました。エネルギーバトルは効力を失い、私たちの結婚は修復しました。

まとめ

ＡＳであるパートナーにエネルギー理論を説明してください。とても論理的な概念であり、それを理解すればエネルギーバトルを回避する第一歩になります。

人はさまざまなことからエネルギーを得ます。ＡＳの人の場合、誉め言葉、彼らがしてくれた仕事への感謝、特別な関心事についての会話、趣味を楽しむように励まされることが一番効果的なようです。それに対して、私たち定型発達の人間は、価値のある時間をもちたいと思っています。つまり、パートナーが私たちに関心をもって欲しい、どう感じているか気に掛けて欲しいと思っています。

私たちが個々のエネルギーを保持できれば、エネルギーバトルという傷つけあうサイクルに入っていく必要はありません。できるだけエネルギーを盗む必要がないようにあなた自身の生活を築いてください。

ときにはうまくいかなくてもがっかりしないで。ほかの人からエネルギーを補充しようという衝動を抑えるのは困難です。自分でエネルギーを補充し、ほかの人のタンクを空にしなければ、それがいつか習慣となり、あなたたちの関係に花が開きます。

18　チャンピオンを育てる——酷評にどう立ち向かうか

私たちが抱える最大の問題は子育ての方針がまったく違うことでした。私はバランスの取れた、楽しく、物事への関心が高く、責任感のある人に育てようとしましたが、ギャビンはチャンピオンをつくろうとしました。

ギャビンがマークとナディアにほかの人よりまさって欲しいと思っているのは、彼自身のためだと初め私は思っていましたが、そうではありませんでした。私同様、子どもたちの幸せな様子を見たかったのです。彼は、成功してこそ幸せになれるという意見です。

幸せの感じ方は人それぞれですが、ギャビンは自分のしていることで人に勝ったときだけ気持ちが高揚します。これはＡＳの人にはよくあることのようで、成功したいというきわめて強い衝動がすばらしい結果を生むことがあります。

子どものとき、ギャビンは学校が嫌いで、先生やほかの子どもといつもトラブルを起こしていました。賢かったのに、停学になるのではないかと心配したことが何度もあったそうです。最終的に彼が救われたのはフットボールがうまかったからでした。学校はギャビンにチームに残って欲しいと考え、チームメイトはスポーツが得意だったので彼を受け入れました。フットボール場での活躍が人間関係の問題の穴埋めをしたのです。

子を思う父親として、彼は自分の子どもにも同じチャンスを与えたかったのです。もしスポーツで他に勝れば、子どもたちは幸せで社会に受け入れられると考えたのです。

円盤投げ、競走、テニス、水泳、ゴルフ、フットボール、サッカーなど、ギャビンは子どもたちに何時間も教え、子どもたちは種目によってはとても上達しました。しかし、ギャビンの要求がとても高かったので、子どもたちはプレーをするのにとても大きなプレッシャーを感じていました。ほかの子どもと同じように、我が子たちも父親を喜ばせたいと思っていましたが、ギャビンを喜ばせるのは簡単なことではありません。失敗を許さない完璧主義者ですから。

ギャビンの教え方は技術的にはとても上手でしたが、動機づけも励ましも元気づけもしませんでした。家族でテニスをしているとき、これが顕著でした。ギャビンは完全を要求し、細部に注意を集中させ、間違いを訂正せずにはいられませんでした。そしてギャビンの考えが言葉でうまく伝わらないために、家族でスポーツをしてもストレスがたまりました。私と子どもたちは家族でアウトドアを楽しもうとしているのにギャビンは教えるのが目的でした。家族で楽しい時間を過ごそうという考えは彼の心には少しもありませんでした。正確にプレーする気がないのになんで来たんだ、という気持ちです。彼は私たちが上達し、習ったことを実戦でやって欲しかったのです。

私たちがコートに足を踏み入れるとすぐに、ギャビンは一人ひとりのプレーを分析し始めました。鳥のさえずりも木々も家族の楽しみも忘れよ。技術的に正しくないショットに彼はイライラし、私たちはみんな正しいショットを知っているはずだと言いました。笑いもくつろぎも楽しみもなく、愉快とは程遠い、真剣なビジネスでした。私たちのテニスの試合は新兵訓練のようで、ギャビンは命令口調で叫んでいました。「ひざを曲げろ」「的を絞って打て」「ボールをよく見ろ」「グリップをしっかり握れ」「早く準備しろ」「もっとずっと後に立て」

自分が手本を見せても子どもがミスすると彼はひどくがっかりしました。なぜ自分の教えたとおりにしないのか。プライドもやる気もないのは一目でわかる、と。もちろん、そうではありません。マークとナディアは父親の激しさに緊張し、父親をがっかりさせて困っていたのです。ギャビンはそれがわからず、怒りに任せてひどい言葉を浴びせました。「一体、何をしているんだ。的を絞って打てと言っただろ」「まったく救いようがないな。今日ほど下手なプレーは見たことがない」「お前には水泳があってよかったな。テニスの選手にはなれそうもない」「弱いのか、それとも怠けているだけなのか」

ギャビンのけなす態度に私は怒り心頭でした。このままにしておくわけにはいきません。成長期の子どもがとても不安定になるし、自分の親に酷評される必要はまったくないのですから。私の言葉を聞いてギャビンは不機嫌でした。「あなたは間違っている」と私は言い、彼はそう言われるのを嫌いました。私の告発に応じる方法はただ一つ、かっとなることでした。家族のテニスは楽しみではなく、戦争でした。

ゴルフもテニスも、ボウリングも、タッチフットボールも状況はたいして変わりませんでした。正確にプレーしなければならないので、このようなスポーツはみんなうまくいきませんでした。ギャビンは情け容赦なく私たちのあら探しをするだけでなく、私たちを戦わせて、「マーク、妹を見てごらん。正確にボールをとらえているよ。妹をお手本にしたら」というような言い方をしました。

ギャビンの行動を見て、子どもたちは攻撃的になり、競争心が強くなりました。家族で何かすると、いつも最後は言い合いになり、ギャビンも怒り心頭でした。ボウリングに誘ってくれたことがありましたが、誰もうれしくありません。なんというお金の無駄でしょう。どのスポーツをやっても楽しくないのは、自分が思いやりのない言葉を発し、競争をあおるからだということにギャビンは気がついていませんでした。

彼の言葉にはいつも悲しくなり、うんざりしたものでした。私は楽しもうと努めましたが、何とか楽しめそうだと思うといつもギャビンが台無しにしました。昔はテニスが好きでしたが、そのときはストレスを感じるものになっていました。

ギャビンは将来役に立つものを子どもたちに教えているつもりでしたが、いつも間違いを指摘されて家族全体が不愉快になっているのにギャビンは気がつきませんでした。今思うに、私たちの不協和音には次のような原因がありました。

■ギャビンは情報伝達のために言葉を使った

彼はとても多くの言葉を知っていましたが、自分の伝えたいことを伝えるために言葉をどう使ったらいいのか何年も考えていませんでした。「何を言うか、どう言うか」という問題にとどまりません。声の調子、表情、身振りによって、言葉は私たちを幸せにすることもできるし、悲しくもできる。がっかりさせることも、希望をもたせることも、やる気を出させることも、激しく怒らせることもできる、ということです。ギャビンは「会話の化学反応」が理解できませんでした。やり方のわからないギャビンは、私たちを誉めることも、励ますことも、やる気にさせることも、気持ちを奮い立たせることもありませんでした。

■ギャビンにはトニー・アトウッドの言う「視覚的正確さ」がある

これは、彼に人を観察して記憶するすばらしい能力があるということです。この能力があるから、ギャビンはゴルフやテニスが上達しました。困ったことに、ほかの家族は誰も視覚的正確さをもっていません。なぜ自分を見て覚えられないのだろう、上達しないのだろう、と長い間、彼は理解できませんでした。それで、努力しないからだ、と結論を出していました。

■自分の考えを言葉でうまく伝えられない

失敗するとギャビンはイライラします。ほかの人間が集中力と完全を求める気持ちをもたずにやっているように思えて、理解できないのです。一度感情が高ぶると、自分の口にした批判を引っ込めることができません。あとさきを考える前に言葉があふれ出し、人を傷つけてしまうことがよくあります。そのつもりはなく、誰かを困らせたとわかったときはがっかりしていますが、一度口にした言葉を取り消す方法が彼にはわかりません。

■声の大きさを調節できない

ギャビンの声の大きさがその場に合っていないことがあります。ふつうに話をしようとしているときに、怒っているときのような音量を出すことがよくあります。

■真実の方が人の気持ちより大事

本当のことならば何を言ってもいいとギャビンはかたく信じています。誰かのプレーが期待通りでなければ、それを教えなければなりません。そうしないと上達できませんから。

家族内の酷評をどう扱うか

家族という単位は、自信を得られる場所であり、支援を受けられる場所です。リラックスできて安全を感じられる場所です。もし絶えず批判されたら、子どもたちは反抗するか、気がめいるかでしょう。ギャビンは注意することでマークとナディアを助けているつもりでしたが、実際は自信を打ち砕いていました。逆効果になっていることを知った私は、できるだけ励ましてギャビンの行動を中和しようとしました。もちろん私は彼の言葉を取り消すことはできません。しかし、彼の言葉に同意しないことでその影響を弱めることはできました。両親は協力すべきですが、私たちの場合は無理でした。長く教師をしていたので、彼の言葉が将来もたらす影響を私はよく知っていました。

子どもたちは父親の批判的な態度にそれぞれのやり方で対抗しました。ギャビンがナディアのテニス競技会を見たがったとき、ナディアは大きな声で言い返して成功しました。後でゲームの全ショットを分析されたくなかったので、ナディアは父親のいるところではテニスをしませんでした。木の陰からギャビンが見ていることがありました。後でゲームについてコメントするには娘のうまくいかなかったところを見ておく必要があったからです。

それに対してマークは、水泳の大会にギャビンを連れて行きました。そして、結果が父親の期待に沿わないと厳しい言葉を浴びせられました。「お父さんの辛口コメントにはぼくは免疫ができているからね」とよく言っていましたが、私にはそう思えませんでした。マークは家族とテニスやゴルフをすることから次第に遠ざかり、自分が耐えてきた酷評をしばしば冗談にしました。

ナディアは不満を言葉にし、マークは問題を内在化しました。ギャビンがあまりに高い期待をかけたために、マークは今でもうまくいかないことがあると落ち込みます。

ギャビンがASであるとわかってから、物事はずいぶん簡単になりました。父親の行動を子どもたちに説明することができますから。私たちはASについて包み隠さず話しているので、変わっているとか怖いとは誰も思っていません。私たちは違うという事実を考慮する必要がある、それだけのことです

ギャビンほど私たちは細部に注意が行き届かない、視覚的正確さが発達していないとギャビンに理解してもらわなくてはなりません。少しずつうまくなるので彼はやる気なのですが、そのために私たちはストレスを感じ、生活から楽しみが奪われています。私たちは完璧にはなれません。喜んで彼のアドバイスを聞いたとしても、いつも上手にプレーすると約束できるわけではありません。時にはうまくいかない日があります。それを心配するともっとうまくいかなくなります。

この心配を一掃するために、お互いにいつも話し合うことにしています。もし子どもたちが気分を害したと思えば、それをギャビンに言います。そうすれば、ギャビンは心を込めて事態の改善に努めることができます。このごろギャビンは自分の言動が不適切だったと自分で気づき、プライドが高すぎて謝れないということもなくなったので、マークやナディアに

笑顔が戻りました。ギャビンは心から子どもたちを愛し、ふさわしいことをしたいと一生懸命です。

忘れてならないのは、ギャビンはASだけれども、それは彼だけが取り組むものではない、ということです。私たちみんなが家族生活を楽しくするために協力しなくてはなりません。

以前、マークとナディアは父親の難癖をつける態度を真似して、お互いをこきおろしていました。私がそのことを問題にすると「お父さんがやっている」と答えました。それが悲しい言い訳であると子どもたちに教えました。完璧な親などいない。誰も問題を抱えている。いいことを真似するのではなく、なぜ直さなければならない態度を真似するのか、と。ギャビンが元気づけてくれるようになったので、マークとナディアは前よりずっとうまくいっています。マークが妹を誉め、アドバイスしているのをよく聞きます。ナディアはそれを喜び、自分のことを気にかけてくれる兄をもったことを幸せに感じています。

この進歩はすべて、2年間かけてギャビンが動機づけや励まし、建設的批評のスキルを身につけたおかげです。彼は直感に頼ることができないので、すべて頭で考えてこれらの概念を身につけなければなりませんでした。先日、こう言いました。「ぼくは直感に頼れない。ある状況で何を言い、何をするのが一番いいか、考えなければならないんだ」。もちろん、これもストレスがなければできることです。ギャビンは一度動揺すると、むかしの癖が出て、言うつもりのないことを言ってしまいます。こうなると私たちはギャビンの言葉を無視しようと努めます。まじめに受け取ってはいけないことを私たちは知っています。不適切なコメントはすばやくストレスを解消する方法であり、人を傷つけるためではありませんから。

ギャビンがテニスコートで冷静さをなくしたら、私たちはその場面を再現します。ロールプレイは難しい状況を取り上げるのにとても有効です。自分たちの感情を表すことができ、理解しがたい行動を面白がることができます。ギャビンは自分がどう映っているか知っていつも驚いています。

もう一つ私たちがよくやるのは、家族の一人ひとりについて二つよいことを言い、二つ改めてもらいたいことを言うというゲームです。このゲームでは肯定的な面に焦点を当てることができ、建設的な方法で要望を声にすることができます。

長い間、ギャビンの目標は子どもたちをチャンピオンにすることでしたが、今ではストレスのない環境でスポーツを楽しむことも同じくらい大事だと気がついています。私の言葉が彼のやり方を変えたのではありません。経験で学んだのです。絶えず講義を聞かなくてすめば子どもたちはずっと楽しんでいる。それだけで十分でした。ここまで来るのにギャビンは何年もかかりました。今でもときどき言い合いはありますが、何より大切なのは、私たちには楽しみがどっさりあるということです。

19　いい日も一瞬にして暗転——口論の収め方

私たちの関係でもっとも困るのは、万事順調に進んでいても何分後かには口論が始まることでした。スネイク・アンド・ラダー（すごろくに似た遊び）と同じように、さいころを振って悪い目が出ると振り出しに戻らなくてはなりません。

ある日、二人でビーチに行きました。新鮮な空気につつまれて素晴らしい時間を過ごすのがいいだろうと思って私が提案しました。子どもを学校で下ろして出発。海で私たちはボディサーフィンをし、散歩し、寄り添い、木の下で昼食をとりました。完璧な一日を過ごし、日に焼け、幸せな気分で子どもたちを迎えに行きました。家でお茶を飲み、息子を水泳に、娘をテニスに連れて行きました。ナディアはギャビンにプレーを見られるのを嫌っていましたが、ギャビンはそれを無視してテニスセンターへ急ぎました。前日にトレーニングしたからぐんとうまくなっているだろうと期待したのです。

しばらくして私は夕食の準備とマークの迎えのために帰りました。思ったより時間がかかって、私が再びテニスセンターに着いたのは予定より15分後でした。ギャビンの顔を見ると怒っているのがわかりました。「マークの迎えと夕食の準備で遅れたのよ」と説明しました。しかし、それは功を奏さず、私の言い訳でますます事態は悪化しました。ナディアのテニスを見てストレスがたまり、待つことにイライラし、彼は爆発したのです。私はあっけにとられ、あんなに素晴らしい一日を過ごした後で怒り出すことが信じられませんでした。

後で思えば、ナディアのテニスを見ていたときに彼のストレスはピークに達していたのでしょう。自分の教えたことが試合ではまったく活かされていなくてとても不満だったのです。この出来事で消耗した自分のエネルギーを、彼は怒りを爆発させることで補充したのです。犠牲になったのは私。海辺での楽しい一日の記憶が鮮明だっただけに、この出来事は衝撃でした。

私はそのことを忘れて平穏を取り戻そうとしましたが、ギャビンは繰り返し、私が当てにならないと言い続けました。私の言い分を聞こうとせず、ただ、正しいのは自分で悪いのは私だと証明したがりました。振り出しに戻る。ASについて知っていても続行中の言い争いを解決する役には立たないようでした。

バリアを壊す

うまくコミュニケーションできるように、私たちの間にある緊張を減らさなければならないとずっと思っていました。難しいこともわかっていました。ギャビンが近づきがたいのではありません。私がどんなに注意して話しても、私の言葉が彼には届いていないように思うのです。言葉が心にしみる前にブロックされ、私はレンガの壁に向かって話しているような感じでした。

前にも書きましたが、ギャビンにとってコミュニケーションはストレスのたまるものでした。動揺するとギャビンは私の言葉が聞こえません。この問題を解決するには、ギャビンが会話のときにリラックスしていることが大事だとわかりました。うまくいくようにするために、二つの大きな側面を考えなくてはなりませんでした。タイミングと方法です。

コミュニケーションを妨げる方法

■間違ったタイミングを選ぶ

今まで私は、一時の感情に駆られて、深く考える時間をもたずに自分たちの問題を解決しようとしました。言い争ううちにギャビンのストレスは最高に達し、自分を閉ざします。ほかの人間の言っていることが聞こえず、自分自身の言葉がわかっていないこともよくあります。翌日、私が彼の言った言葉を伝えると、心から驚き、まったく憶えていないようです。いったん怒り出すと、彼には内なる動揺しか感じられません。もしこのときに深く意味のある話をしようと思っても、言葉を無駄にするだけです。まず落ち着く時間を彼にあげなければなりません。もちろん、いつも私にこれができるわけではありません。ときには待てなくて、その時その場で言わなければならないことを口にします。これで私の緊張を解くことはできますが、言うまでもなく何の解決にもなりません。もし、心にかかるコミュニケーションの問題を克服しようとするなら、最良のタイミングまで待てるようにならなくてはなりません。困ったことに、私が待ったとしても、ギャビンはその問題について話し合うのを拒むかもしれません。ちゃんと向かい合って欲しいと頼んだときは特に。

■向かい合って座る

これは明らかに最悪のコミュニケーション法です。脅迫的で、戦いのために整列させられているようです。これではギャビンはリラックスできません。自分が何を期待されているかわからないので、話し合いが新たな口論につながるのではないかと心配なのです。長年、彼は「正直は最良の策」と思ってきましたが、この数年はそれを疑い始めていました。アイコンタクトを求められると集中力を失います。不安になり、ストレスを感じるので会話を終わらせようと決意して、その場を離れるか怒り出します。

しばらくして私は、私の言葉をギャビンに届かせたいなら他のコミュニケーション法を探す必要があるとわかりました。

コミュニケーションを豊かにする方法

■手紙を書く

言い争いをした日にこの方法を試して、有効だとわかりました。最初、手紙によるコミュニケーションという私の試みを彼が拒否するのではないかと心配しました。彼は手紙を受けとって驚いたようでした。その日、私が外出から戻ると、ギャビンが「手紙をありがとう。きみの言いたいことがよくわかったよ」と言ったのです。私たちは抱き合いました。成功です。

手紙なら書き手は相手と向き合わずに気持ちを自由に伝えられます。一人で落ち着いて書くことができます。だからぴったりの言葉を探すことに集中できます。激しすぎる言葉は書き直すことができます。気持ちを直接言葉にできるので欲求不満にならず、感情を内にためることもありません。手紙を書くことで、悲しみや怒り、苦痛からすぐに解放されます。

一方、手紙を受け取るほうは、時間のあるときに一人になって読むことができます。一人ならアイコンタクトの必要もなく、何かを期待されることもありません。パートナーの考えが紙に書いてあるので、理解しにくいところは読み返すことも可能です。文字のコミュニケーションなら脅迫的ではありません。安全で、予想がつき、ストレスがありません。怒ったり泣いたりという感情の爆発がないので、内容に集中できます。じゃまされないので、彼は言葉の意味をずっと理解しやすいのでしょう。

■マッサージ

もちろん、胸のうちを伝えたいときがいつも書きたい気分とは限りません。そんな場合、マッサージにコミュニケーションを高める効用があることを発見しました。ASの人たちの中には触られるのを嫌う人がいますが、ギャビンはマッサージを受けるととても気分が楽になります。ストレスや不安が消えてしまいます。枕に顔をつけると外からの刺激にじゃまされることもありません。つまり、連想から解放されて、私の言葉に集中できます。私の指圧が彼の皮膚を柔らかくし、言葉を通しやすくするかのようです。マッサージを使えば私は彼に触れることができます。

■パートナーが好きなことをしているときに話す

前にも言いましたがギャビンはリラックスしているときコミュニケーションを拒否します。

無理もありません。彼はいつもストレスを感じているので、リラックスしている時間は珍しく、大事にしなくてはならないのです。くつろげると感じたら、自分の心の状態を危険にさらすようなことは誰にもさせません。彼が落ち着こうと必死に努力しているとは知らなかったので、私はリラックスしたときを会話に選んでいました。

コミュニケーションに最適のときを見つけるのは難しいことです。前の章で、パートナーがくつろいでいるときに話すのが大事と言いました。今、それは勧められないと言っています。複雑そうですが、いたって単純です。パートナーが心の落ち着く作業をしているときなら会話は可能です。話し方でストレスを与えないという条件付きですが。泣いたり、文句を言ったり、怒ったり、批判したりしても何も解決しないでしょう。パートナーを責めたら、シャッターが閉められ、私たちの言葉ははね返ってくるだけです。彼らは今まで、先生に、同級生に、家族に、同僚に批判され通しでしたから、慣れています。シャッターを閉めるのはパートナーには簡単なことですが、それでは私たちは悲しくなり、不満がたまります。ギャビンが心落ち着くことをしている間に言い争いを解決した方法を紹介しましょう。

サーファーズ・パラダイスのホテルに泊まっているとき、ギャビンは子どもたちのテニスが上達しないことに文句を言っていました。その場で言う必要のないことでした。彼がたえず愚痴をこぼすので休暇の雰囲気が台無しになり、みんな惨めな気分でした。私がそう言っても彼は気にかけませんでした。それどころか私の言葉を真似して、私の落胆振りをジョークにしました。これには頭にきましたが、私は何とか爆発しないように努めました。彼はそれを面白がって私をからかい続け、私がもっと怒るのを見て喜びました。その日は彼に手紙を書く気にも、マッサージをする気にもなりませんでした。しかし、もし休暇を立て直したいなら、彼の言動に私ががっかりしている理由をわかってもらう必要がありました。私は彼を攻撃するほどばかではありません。彼が入浴するまで待ちました。彼が泡まみれになってリラックスしているところへ行って、話しかけました。私の言葉をさえぎってハミングを始めようとしました（話す気分ではないという意思表示です）が、私はそれを止めました。「私を見ないで」と言って、私は鏡の前で髪をとかし始めました。「言い合いはしたくない。でも、私の気持ちをわかって欲しい。あなたは答えなくていいし、何も言わなくていい。ただ聞いて」。彼はバスタブの中で目を閉じ、身体はリラックスしていました。私は話しました。賢く言葉を選んで、腹を立てているとか責めていると聞こえる言葉は避けました。話し終わると私は浴室を出ました。自分の気持ちを表すチャンスをもてたことに満足していました。ギャビンは少し長く浴室にいました。出てきたとき、彼は別人になっていました。子どもっぽい振る舞いはやめて、私を抱きしめてくれました。「本当に悪かった」と彼は言い、私はそれを本心だと思いました。口論をやめて、私たちは残りの休暇を楽しむことができました。

まとめ

どのコミュニケーション方法を選ぼうとも、話そうと決めたら、すでにストレスを感じているパートナーに「自分は攻撃されている、脅されている、こき下ろされている、無理やり聞かされている」と思わせないことが必要です。ここに書いたような注意を無視すれば、また新たな言い争いが始まるだけですが、それは私たちの望むところではありません。どんな関係でも考えや感情を表現できなければ、共通理解を得ることはできません。アスペルガーの結婚では直感に頼れないので、このことがとても重要です。違いがあるからコミュニケーションが必要であり、感情を説明する方法を身につけなければなりません。ある日、私が「あなたの気持ちがわかったらいいのに」と言うと、ギャビンは「アスペルガークラブに入れば」と答えたのです。

20　診断はどう役立つか――関係を改善するための情報と機会

関係を改善するために診断は必要不可欠というのが私の考えです。私たちの間にある違いを知りさえすれば、前に進めます。多くの場合、ASの人は自分が長年、違和感を抱いてきた理由がわかって喜びます。診断を受ける前に、ASであることはけっして不完全を意味しないと肝に銘じておく必要があります。不完全どころか、ASの人の脳は定型発達（普通）の人より進んでいる、進化していることをさまざまな記事が示しています。ベートーベン、モーツァルト、ヴァン・ゴッホ、ミケランジェロ、オーウェル、ダーウィンのような天才たちはASだったらしいという事実を見逃すことはできません。

ギャビンは自分が時折見せる奇妙な行動に理由があるとわかって大いに安心しました。診断を受けたことでギャビンは、定型発達の人の社会になじむため、そのルールに精通しなければならないと気づきました。それはギャビンの人となりを変えることではありません。ある状況でどう行動するかを身につけなくてはならないということです。今ではとても上手になったので、彼がASであることを忘れるほどです。ある日彼が「アスペルガーの結婚がうまくいく方法を、当事者たちにアドバイスしたらどうだろう。きみはもうぼくを特別扱いしないし、きみが本に書いたような方法ももう使っていない」と言いました。そのとおりです。どういうわけか、私は彼が定型発達の人になったと思い込んでいました。この思い込みはアスペルガーの結婚ではとても危険です。私たちはパートナーがありのままでいられるようにしなければなりません。ASは病気ではないので、治療法はありません。それは一つの文化であり、尊重すべきものです。診断は誰が間違っていて、誰が正しいかの判定ではありません。診断によって明らかになるのは、認知にかなりの違いがあり、パートナーたちはお互いを理解するためには努力が必要だということです。ありのままの自分を変えなければならないと感じたら、私たちは自分らしさを失って混乱してしまいます。それが結婚にプラスになることはありません。

ギャビンが診断を受けて初めて、私たちは問題を克服するためのさまざまな情報と機会を得ることができました。

情報

■アスペルガー症候群に関する本

私はテンプル・グランディン、リアン・ホリデー・ウィリー、ドナ・ウィリアムズの本を読み、自閉症スペクトラムについてよく知ることができました。ギャビンは私と一緒に本を読むのは好みませんが、私が読んだことを話すと、その内容は自分の感じていることそのものだと言いました。

私はまた、ASを専門とする二人の心理学者トニー・アトウッドとマクシーン・アストンの本から答えを探そうとしています。私のお薦めを次にあげます。

●『アスペルガーの男性が女性について知っておきたいこと』マクシーン・アストン著　テーラー幸恵訳　東京書籍

●『自閉症の才能開発』テンプル・グランディン著　カニングハム久子訳　学習研究社

●『アスペルガー的人生』リアン・ホリデー・ウィリー著　ニキ・リンコ訳　東京書籍

●『自閉症だったわたしへⅠ』ドナ・ウィリアムズ著　河野万里子訳　新潮文庫

●『自閉症だったわたしへⅡ』ドナ・ウィリアムズ著　河野万里子訳　新潮文庫

●『ガイドブック　アスペルガー症候群　親と専門家のために』トニー・アトウッド著　冨田真紀・内山登紀夫・鈴木正子訳　東京書籍

●『Aspergers in Love』by Maxine Aston 2003

●『An Asperger Marriage』by Gisela & Christopher Slater-Walker 2002

●『Asperger Syndrome and Long-Term Relationship』by Ashley Stanford 2002

●『The Complete Guide to Asperger's Syndrome』by Tony Attwood 2006

以上いずれも Jessica Kingsley Publishers

■アスペルガー・サービス・オーストラリア

ギャビンが診断を受けた直後に、私はアスペルガー・サービス・オーストラリアと連絡をとりました。会員になって、毎月ニューズレターを受け取り、充実した図書室を使えるようになりました。催しやセミナーの情報ももらいました。また、毎月のコーヒー・モーニングに参加して、ASの家族をもつ人たちと話すことができました。ある日、ギャビンも一緒に話し合いに参加しました。それはとても有意義で、誰もが興味をもち、役に立つと思ってくれました。親が子どもを理解するのに役立ち、パートナーがアスペルガーの視点から世界を見るのに役立ち、ASの人たち自身が自分の状態をユーモアをもって見るのに役立ちました。巻末の「役に立つ情報源」にも、その他の役に立つ組織を紹介しています。

■セミナーと講演

トニー・アトウッドやミシェル・ガーネット、イザベル・エノーのような講師の話を聞くセミナーに参加することができました。講義はとてもすばらしく、わたしたちの結婚に対して激励と知識を与えてくれました。

■インターネットのサイト

www.faaas.org はASの成人や家族のためのインターネット上の大きなサイトです。同じ状況にあるカップルがほかにもたくさんいることを知るのは素敵なことです。ほかのインターネットサイトについては巻末の「役に立つ情報源」を見てください。

機会

■コミュニケーション力向上

私たちは同じ言語を話していないとわかったら、お互いを理解するためには特別の努力が必要です。

■ギャビンの行動を子どもたちに説明できる

ASについて知ったので、マークとナディアが父親をよりよく理解できたことは間違いありません。私たちは家族としてより近づき、結束しなければならないとわかりました。

■カッサンドラたちと話せる

ギリシャ神話に出てくるカッサンドラはトロイア王プリアムの娘です。彼女はギリシャの王アポロの心をとらえました。アポロはカッサンドラに恋し、彼女に予言能力を与えようと決心しました。しかし、彼女がその愛に応えなかったので、アポロは誰も彼女の予言を信じないよう呪いをかけました。アスペルガーの結婚では定型発達の人のほうがよくカッサンドラに例えられます。自分たちの間に起こる問題について話しても誰も信じてくれないのです。アスペルガー・サービス・オーストラリアで、私はカッサンドラたちに会いました。考えを共有できるので、カッサンドラたちに会ったことはとても有益でした。

■ほかの人にアスペルガー（AS）について教えることができる。でも教えなくてもいい

ASについて誰に教えるかを慎重に決めることは重要です。しかし、誰もが自分とは違う心のありようを受け入れるわけではありません。誰に知らせるかはギャビンに任せています。彼はこのことについてとてもオープンで、よく人に言います。なぜ自分がちょっと変わっているのか説明しやすいからです。友人たちは誰も気にしていないようです。実際のところ、私たちはみんな違います。自分たちのちょっと変わったところを説明してくれる本があるから、ASの人たちはとても幸運です。そうではない私たちのほうが自分は何者なのかわかっていません。

21　ストレス要因——お互いを理解する

この本を書く過程で、ギャビンと私はお互いについて多くのことを学びました。ギャビンの説明から私が受け取ったもっとも大切なメッセージは、彼が絶えずストレスを感じているということでした。彼の身になってみようとすると、それはとても簡単でした。自分がストレスを受けているときのことを考えればいいのですから。

この本を書くことで多くの機会を得ました。自分の思いを言葉にしようとコンピュータの前に座っている間は、社交的というわけにはいきません。気持ちが揺れ、短気になり、音にやかましくなり、混乱して忘れっぽくなります。こんなことがありました。ある章を書き直そうと一日中コンピュータの前に座っていました。8時間たってやっと終わりました。その夜は友人たちと食事に行くことになっていました。我が家で待ち合わせる人とレストランで落ち合うことになっている人がいました。7時に3人が1台の車で我が家に現れ、私は同乗して出かけました。ストレスがたまっていたのでしょう、しゃべり続けていると携帯電話が鳴りました。我が家で二人の友人が待っていると言うのです。「どこにいるの」と聞かれました。ばかみたいです。二人を置いてきたことは失礼以外の何物でもありません。私の奇妙な行動をどう説明したらいいでしょうか。ギャビンがその状況に助け舟を出してくれました。二人を車で送ってくれたのです。レストランでは誰も怒ったりはしませんでしたが、彼女たちの顔には「この人、ちょっと変」と書いてありました。こんなことは初めて。書くというストレスが私に影響していたのでしょう。

結論はこうです。私は定型発達ですが、ストレスを受けているときの行動はギャビンに似ていました。私は触覚過敏になり、大きな音が耐えられなくなり、気持ちが動揺し、多動になり、忘れやすく、短気でかんしゃくもちになり、不安にもなりました。ひっきりなしにしゃべり、ほかの人には気が回らず、一人になりたいと思いました。ただ違っているのは、私の神経はいつも過敏なわけではなく、重圧がなくなればストレスは消えることです。つまり、私には回復する時間があります。私はASに詳しくありませんが、このことから、アスペルガー的行動のいくぶんかは単にストレスの結果ではないかと思ってしまいます。

私たちがパートナーのストレスレベルを下げる手伝いをすれば、関係によい影響が出るでしょう。ギャビンと私はそれがうまくいくことを発見しました。ギャビンはＡＳですが、リラックスしているときは温かく、愛情にあふれ、物わかりがよく、親切で、思いやりがあり、抱きしめたくなります。ほかの人とまったく同じです。

パートナーの生活上のストレスを減らすのは簡単そうに思えますが、実際には違います。多くのストレス要因は私たちの手ではどうにもなりません。ギャビンによれば、心がくつろいでいるときがほとんどないそうです。彼の神経はいつもサバイバルモードで、連想を寄せつけないために全エネルギーを使わなければなりません。変化や予測のつかないこと、混乱や騒音、明るい光、自分ではどうしようもない状況、大声で話す人たちが人生につきものです。これがみんな彼のストレスを増すのです。しかし私はそれを取り去ることはできません。もう彼の生活の一部ですから。

この本を書くことで二人は試されました。何度も部分的に一緒に読み直さなくてはなりませんでした。ギャビンの状態を私が正しく理解しているか確かめたかったからです。コンピュータの前に私と二人で座ってするこの作業がギャビンにはとても苦痛でした。自分の考えを表現する方法を話し合うのは、我慢の限界を超えていました。心拍数は上がり、考えたくもないことで頭はいっぱいでした。集中することは私にはなんでもなかったのに、彼はまっすぐに掛かっていない絵や、いつもの場所にないペンや、針の入っていないホッチキスに気持ちを乱されていました。その上、ＡＳゆえの経験を聞かれるとストレスがさらに高まり、連想のきっかけになりました。落ち着かない気持ちを静めるために、彼は30分も動きまわらなくてはならないのが常でした。申し訳ないと思いました。しかし、たとえ集中するのが難しいとわかっていても彼の協力が必要だったのです。期日までに仕事を仕上げようと必死だった私は、もっと長く集中できるような方法を考え始めました。そのときヘッドマッサージの大きな効果を発見したのです。

この日のことはよく覚えています。第一稿を出版社に送る予定で、ギャビンに2章分を私と読んでもらう必要があったのです。5分たつとギャビンはペンを整理し、虚空を見つめ始めました。私は立ち上がり、彼の頭皮をマッサージしている間、原稿を声に出して読んで欲しいと頼みました。その結果はすばらしいものでした。ただの一度も彼は集中力を切らしませんでした。2時間休まずに作業してくれました。それ以来この方法を何回も使いましたが、効果は毎回同じです。彼をリラックスさせ、仕事に集中させてくれます。私は脳のことに詳しくないので、なぜヘッドマッサージがギャビンに効くのかわかりませんが、たぶん脳への血流が増えて集中力を高め、頭を押される感覚がストレスや恐れという感情を取り除くのでしょう。

連想はギャビンの生活の主要なストレス要因の一つで、気持ちが散漫になっているときは要注意です。一度、頭の中が望まぬ考えでいっぱいになると、彼は黙り、近づき難くなります。目はうつろになり、触られるのも話しかけられるのも嫌がります。

先日、ビーチから車で戻っているとき、彼が緊張し始めているのに気がつきました。過剰に活動している脳をリラックスさせようと、私は手を伸ばして、頭の下の方、小脳の辺りをマッサージし始めました。私の席から無理せずに届くのはそこだけでした。始めるとすぐにギャビンは「何だ、これは！　本当にリラックスできるし、連想が止まるよ」と言いました。その絶大な効果を楽しみながら、家に着くまでマッサージを続けました。彼は話したり笑ったりし始め、突然、目は表情豊かになりました。何らかの理由で、小脳マッサージは連想を抑え、ストレスと不安を取り去ったようでした。すぐに楽になって、効果的だとギャビンは言いました。それ以来、私たちはさまざまな場面でこの方法を使い、一度も裏切られたことがありません。ストレスを呼ぶ連想を止める方法を見つけられてとても喜んでいます。

ほかにもギャビンをリラックスさせる方法を探していますが、残念ながら、私自身がストレスを感じることがあります。その場合、事態は好転どころか暗転します。このことをギャビンに話すと、彼はこう言いました、「きみはASではないけれども、いつもリラックスしているわけではないし、助ける側にいるわけでもない」。この言葉にはがっかりですが、私にできるのは、ベストを尽くすことと自分が完璧ではないと認めることです。

徐々にですが、音楽を聴いたり、運動したり、栄養のある食べ物を食べることが大事で、ギャビンの心によい影響を与えることがわかってきました。残念ながらギャビンはこれらの要素をいつも考慮しているわけではありません。今までの経験に学ぼうとしながらも、保存料や添加物、着色料や砂糖が自分によくないことを忘れます。キャンディやチョコレート、ソフトドリンクを思い切り飲み食いすると思い出しますが、そのときでは遅すぎて心臓がすでにどきどきしています。バランスの取れた、彼の好む健康的な食事を私は作ろうとしています。さまざまなビタミンBやマグネシウム、亜鉛を含む錠剤をギャビンに勧め、しばらくの間、飲んでもらいました。ストレスレベルを下げる効果があると思ったからです。しかし、数週間で彼はやめました。錠剤は病人が飲むもので、自分のようなスーパーマンには必要ないという理由でした。

食事のバランスが取れていると、ギャビンは自分の運動欲求を満たそうとします。運動するとエンドルフィンをいう特別なホルモンが分泌されて、幸福を感じ、不安やうつの気分を抑えます。これを知るだけで私は運動しようと思いますが、ギャビンには他の動機が必要です。自分にとっていいだけでは何かをする理由にはなりません。幸い、テニスは大好きで、テニスから次の三つの恩恵を得ています。

- 得意だからテニスをすると元気になる。
- よい運動になり、幸せな気分にしてくれるエンドルフィンが分泌される。
- 戸外のスポーツなので日光を浴びて、セロトニンができる。（オーストラリアの人はセロトニン値が低い場合が多いという記事を読みました。セロトニン値が低いとうつになることがあります）

ストレスを緩和するにはさまざまな方法があります。図書館、書店だけでなく、ビデオショップまでもが情報を提供してくれます。瞑想、ヨガ、マッサージは安らぎをもたらし、特別の関心事は神経に肯定的な影響を与えます。ASの人にとって特別の関心事はたいへん重要で、不安を和らげ安心を与えてくれます。もしパートナーに趣味がなければ、見つける手伝いができます。もちろん、それはその人が楽しめて、得意な活動でなければなりません。そうでなければ、やらないでしょうから。絵画、読書、執筆、散歩、水泳、ゴルフといろいろ考えられます。その活動は、できれば戸外でするものがよいと思います。日光がセロトニン量を増やすからです。ＡＳの人は強い光に過敏な場合があるので、日中に戸外に出るより早朝か夕方がよいと思います。残念ながらコンピュータを使うものは室内がほとんどです。しかし、ノートパソコンを使えば、一日のいくぶんかを戸外で過ごすことも可能です。

忘れてならないのが、ストレスの影響を受けるのはＡＳの人だけではないということです。そのパートナーも同様に悩まされます。これは、相手がどういうつもりか理解していないから起こります。パートナーが何を考え感じているかを知らなければ、私たちは不安になります。

アスペルガーの人との結婚は異なる文化的背景をもつ二人の人間の関係に例えられます。どちらの文化にもよい面がありますが、言葉と行動に関しては違いがあります。最近、文化的ストレスと呼ばれる状態について聞きました。それは普通、新しい国にやってきた人に表れます。興味深いことに、アスペルガーの人との結婚でパートナーが苦しむ理由もそこにあります。どうやら自分のよく知っているコミュニケーション方法から切り離されたとき文化的ストレスは生じるようです。別の方法を正しいとする新しい環境に直面したときに、私たちのアイデンティティと自尊心が影響を受ける可能性があります。

私は結婚によって文化的ストレスに直面し、海外に引っ越したことで症状が倍になりました。ASの人は外国出身者と結婚することがとても多いようです。外国出身者と結婚すれば、コミュニケーションの問題は隠れてしまい、うまくいかないのは新しい環境のためだとパートナーは思い込みます。

外国で暮らすとき、人はふつう言葉と行動の違いは覚悟しています。それに対して、アスペルガーの人と結婚するときに文化的な違いには気がつきません。国籍が同じ場合には特にそうです。

長年、私はストレスを感じ、ギャビンの前でリラックスできない理由がわからずにいました。活発に動きたい私は走ったり、泳いだり、散歩をしたりしました。しかし、それで気分転換できたとしても一時的なものでした。時間がたつにつれて、ストレスは不安発作や体重減少となって現れました。アスペルガー的行動も出るようになって、私もそうかもしれないと考えました。

今は私が突然、機械的作業をしたくなったり、落ち着いた環境を求めたりするのは私たちの結婚にひそむ文化的ストレスのせいだとわかっています。活発に動きたくなるのも同じ理由です。混乱の何年かを過ごして、やっと自分を再発見する途上にいます。

ギャビンと私の文化の違いはこれからも存在します。しかしお互いの言葉と生活様式を知ることで和らげることができます。同じ背景をもつ人とつき合うのは楽ですから、私はよく一休みして、普通の人と話します。

スイスにいるとずっとリラックスできます。スイスでは結婚による文化的ストレスだけを扱えばいいのですから。オーストラリアでは2種類のストレスとつき合っています。それに対してギャビンはどこへ行っても文化的ストレスに直面します。彼が人づき合いで大いに疲れるのはこのためです。

アクセントの違いは、よその国から来たことを示すサインです。人は外国人に対してはゆっくり話したり、わかりやすくその国の習慣を話したりしてくれます。ASは目に見えないので、外国出身者と同じように考え方が違っていても、誰も手加減してくれません。このため文化的ストレスが増し、多くのアスペルガー的行動の原因になっています。

22　今の暮らし

愛は二人の、似かよった人間の結びつきとして描かれることが多く、よい関係を築くためには同類であらねばならぬと言っているかのようです。ドイツの哲学者フリードリヒ・ニーチェはこの仮説には同意していなかったようで、「ほかの人間が自分たちとは違う生き方、行動、経験をしているという事実を理解し、喜ぶ以外にどんな愛があるだろうか」と言いました。

お互いに似ていると関係を維持するのは簡単ですが、違っているからこそ私たちは学び、成長し、より複雑な人間になろうとしています。私たちはありのままの自分を変えることはできません。もし変えたら、アイデンティティを失くしてしまいます。

フランスの詩人でありロマン派の小説家であるヴィクトル・ユゴーは「人生の至福とは愛されていると確信できることだ。こんな自分だから愛されている、いや、こんな自分なのに愛されていると確信できることだ」と述べています。

アスペルガーの人との結婚は簡単だと言うつもりはまったくありません。それどころか、たいへん消耗するものだと熟知しています。関係はすべて違いますから、これからも一緒に旅を続けたいかどうか当事者だけが決められます。幸運なことに私たちは手遅れではありませんでした。何年も探し続けてやっとお互いを見つけました。前の章に書いたように、私たちは相手を理解するために今でも苦労することがあります。でも、二人とも努力を惜しまないつもりです。ウィリアム・シェイクスピアが『真夏の夜の夢』に書いたように「真の愛はけっして順調には進まぬもの」です。

ずっと結婚で苦しんでいるのは自分だけだと思っていました。今ではギャビンも同様に孤独を感じていたと知っています。日夜、彼は自分の考え方を理解してくれる人が誰もいないようだと思い続けてきました。ギャビンには理解できない理由で、人はいつも彼に戸惑いを感じました。何年もたつとギャビンは理由を知ろうとするのをあきらめました。どれだけ一生懸命がんばってもみんな自分から離れていくのですから。私も例外ではありませんでした。

ギャビンに会ったとき、生涯にわたって愛する人を見つけたと思いました。そのとおりだったと今も思っています。第一印象は私を裏切りませんでした。彼は本当に愛すべき人です。

ただ彼はＡＳです。私たちがコミュニケーションをうまく取れるようになって、私たちの関係は大いに改善しました。彼には愛すべきところがたくさんあります。誠実さ、思いやり、知性、ユーモア、世界情勢に関する興味、スポーツへの熱心さです。ＡＳのことを知ってから、私への気遣いを示そうと彼は一生懸命です。こんなことがありました。

ギャビンは休日の計画を立てるのが得意です。ある日、彼はアラスカにクルーズに行きたいと言い出しました。1週間後にはロサンゼルス行きの計画を立て、最終的に「去年と同じリゾートに行くほうがいい」という結論になりました。そこは1時間しか離れていないところで私たちも気に入っていました。ギャビンは予定がしっかり立っている休暇を好み、私は冒険を好みます。初めてオーストラリアに来たときは、国中を回りました。木の下で寝、雨林をハイキングし、とどまるところを知りませんでした。私は荒野を愛し、ギャビンはちくちく痛くて面倒な場所と思っています。彼は見知らぬ場所に心惹《ひ》かれず、楽しい時間が過ごせると確信のもてる、行ったことのある目的地を訪ねようとします。それは場所に限らず、一日の行動でも同じです。夏なら、朝食、ビーチ、昼食、プール、テニス、ピザレストランで仕上げ、という具合です。次の日は少し変わって、朝食、テニス、ビーチ、昼食、プール、テレビ、フィシュ・アンド・チップスで上がり。冬にはたいてい雪のあるところに行きます。

二人とも休日に満足しています。私は活力を取り戻し、ギャビンは自分の組み立てを守ることができます。朝食、スキー、昼食、スキー、夕食、ベッド。ギャビンは一度何かが気に入ると、楽しめるとわかっているので何度もやろうとします。「行ったことがある、やったことがある」は安心できるのです。私がタスマニアに行こうと初めて言ったとき、彼は乗り気ではありませんでした。そこで何をするつもりだ？　周遊旅行は彼には魅力がありません。テニスコートがなかったらどうするんだ？　2、3度説得しようとしましたが、結局あきらめました。それはたいしたことではありません、みんなが楽しめさえすれば私はどこでもいいのですから。ギャビンは私の希望を忘れずに、タスマニア行きの飛行機を予約しました。旅行計画作りを自分の仕事と思っています。研究すればするほど、興味がわいて、まもなくギャビンはクルーズとゴーストツアー、テニスコートのあるリゾートを予約しました。とても楽しい休暇でした。自分が選んだ場所ではないのに私を連れてきてくれたギャビンは何て優しいのでしょう。どちらも同じように楽しめるよう冒険とテニスを混ぜました。最終的にはギャビンは大いに楽しんで、初めての場所もいいと思ったようです。

もう一つ、大きな進歩はギャビンに子どもの世話を任せて、ケアンズの友人を訪ねられるようになったことです。毎晩料理を作り、家を掃除して、ギャビンは本当によくやってくれました。子どもとギャビンの3人は私抜きで楽しく過ごし、私が帰ったときにはうきうきしていました。ギャビンは夜中、私を空港まで迎えにきてくれて、温かいお茶まで用意してくれました。自分に息抜きが必要なときにはギャビンに任せて出かけられるとわかってとてもうれしくなりました。

求め続けてきた関係を私たちはやっと手にいれることができました。ギャビンがASであることに変わりはありませんが、彼はこの2年間でとても多くのものを身につけました。さまざまな意見を我慢して聞くことができます。変化に対応できます。感情面で支援できます。ひどい批判をしません。テニスを楽しみ、私が論理的に考えなくても受け入れ、完璧でない私と子どもたちを愛しています。間違いなくもっとも大事なのは、聴く耳をもったということです。ドイツ生まれの米国人神学者にして哲学者ポール・ティリックは言います、「愛するものの第一の義務は耳を傾けることである」と。もちろんギャビンはストレスを受けると、昔の癖が出ます。しかし、長く続きません。彼のたゆまぬ努力は賞賛に値します。そして、どれだけ私たちのことを気遣ってくれているかがわかります。

違う星から来たパートナーと暮らすこと、ASの人がいる家庭を営むことはこれからも難しいでしょう。全員の忍耐と理解を必要としますから。でも不可能ではありません。ありがたいことにギャビンと私は友人になれました。私たちは、子どもたちが自信に満ちた、幸せな人に育つよう強さと安心を与えたいと思っています。今、私たちは、探究の第2章に入ろうとしています。ともに旅し、スポーツをし、生活を楽しむ第2章です。ときには苦しむこともあるでしょう。著名な米国人心理学者アルバート・エリスの言うように、「愛の技の大部分は耐えるという技」なのですから。

ギャビンと私は違いますが、共通の趣味を多くもち、人生の目標も似ています。このお話の最後にフランス人作家にして飛行家サン・テグジュペリの有名な言葉を引用したいと思います。「愛とはお互いを見詰め合うことではない。ともに同じ方向を見ることである」

ギャビンによる結びの言葉

人生探究の旅で見つけなければならない最重要事項は「自分は何者か」だろう。これを見つけて初めて、自分の弱さに改良を加え、強さを生かせるようになる。これを発見して初めて自分の身体としっくりいくようになる。問題が解決したという意味ではなく、これからやっと問題に取り組めるという意味だ。自分がＡＳだとわかったことは私の人生で最大のターニング・ポイントだった。自分の行動や感情を説明できるようになったからだ。今、自分が何者かわかる。それは30年以上、私が考えてきた自分ではなかった。私は狂っていないし、冷淡でもないし、鈍感でもない。「私」と言うしかない。ほとんどの人とは違うが、誰とも違うわけではない。私は問題を抱えているが、それは誰でも同じだ。そして、ほかの人たちが夢見る強さが私にはある。

私は人生の新しい段階に道具をもって進む。過ぎ去った時間より充実したものにするためだ。今までがいやな時間だったわけではないが、もっとうまくやれるはずだったのにと思っている。これからも失敗はあるだろう。でも私はそれを乗り越える覚悟がある。ASの人は誰でも、知ることでセカンドチャンスをものにできる。自分が違っていることを大事にして欲しい。でも、誰もがやるべき、自分への働きかけを忘れてはいけない。自分と家族のためだ。

精神的なことはさておき、もっと具体的なことを話そう。私がASだとわかって以来、私の人生を変えた非常に大きな発見は、実は単純なことだ。私は毎日運動をする。テニスだったり、ゴルフだったり、スカッシュ、水泳、散歩、フットボール、バイクだったりする。休日はスキーやボディサーフィン、テニスなどだ。いつも自由を感じ、その後も不安がない。私は本能や自然な反応というものを信じない。多くの状況で私は、しばらく時間をとって、既習の反応を思い出し実行しなければならない。いつもうまくいくとは限らないが、次第に、「もって生まれなかったもの」を「学習」で補えるようになっている。人生で大切なものは何か、そして、チャンスは無限にあるのではないことを、私は自分に言い聞かせている。私の場合、大切にするのは家族だ。簡単そうで、実はそうではない。それに、家族との暮らしは常に進行形だ。一日の始まりが悪ければ、大体うまくいかない。だから、早いうちの調子を整えるように努力している。今でも50%以上失敗しているが、75%よりましだろう。よい食事と十分な睡眠の価値を見くびってはいけない。コミュニケーションのとき、人とつき合うとき、スポーツをするときでさえ、自分の「強烈さ」をコントロールするという努力もしている。

最後に、過度のストレスになりそうな状況や人たちから、できるだけ距離を置くようにしている。もしうまくいかなかったら、緊張から解放されるために一人でクールダウンの時間をとらなければならないとわかっている。

愛する妻カトリンのおかげで、元気を出して答えを探そうという決心ができた。彼女は、解決できない問題があるとすれば、それは自分たちが無理だと思っているからだと教えてくれた。これから楽しみと笑いに満ちた年月が来ることを願っている。いつも言っているように「楽しむために結婚したんだ。問題を抱え込むためじゃない」。

訳者あとがき

この十年、アスペルガー症候群（ＡＳ）という言葉は広く知られるようになり、関係する本も多数出版されました。その多くは、親や教師のような、子どもを育てる人向けで、ＡＳの子どもたちの特性、それを踏まえた接し方を紹介したものです。それらの本のおかげで、学校では「変わっている」「集団生活が苦手」と表面的に片付けられがちだった子どもたちが、「アスペルガー症候群かもしれない」とより慎重に扱われるようになりました。「子どもに問題あり」ですまされがちだった学校からの視線が変化し、「この子どもには何が必要か」というアプローチのきっかけを作ってきました。義務教育期の子どもを対象にしていたものが、少しずつ年齢を上げ、最近では日本の大学に発達障害の学生を支援する担当も生れつつあります。

しかし、言うまでもなく、ＡＳは学校時代で終わりません。「学校という場を去り、教師など子どもを育てる役割の人たちと離れたあとは（ASの子どもにとって苦手な場、役割だったとしても）、その人自身に任される。そのとき、どうやって自分を知ってもらい、人間関係をつくっていくのだろうか。時間的にはずっと長い、成人のASについて知りたい、よりよい人間関係を築くために参考になることが知りたい」そう思って私は本書を訳しました。

この本では結婚相手がASです。妻と夫、二人のあいだに先生と生徒、親と子どもというような立場の違いはありません。相手は指導する、育てるという任務の対象でもありません。年齢はほぼ同じで、対等な大人が夫婦という関係にあり、学校や職場という時間的に限られた場ではなく、家庭を共にしています。そして、一方がASです。

著者カトリンは旅先で夫となるギャビンと出会い、ASであることを知らずに結婚します。異郷で送る新婚生活の心細さと孤独、それをさらに深める夫の言動に疲れて一度は結婚生活を終わらせる決意をします。しかし、ASを知り、夫の共感できない言動がそこに発することを理解して、吸収した知識と持ち前のけなげさ、粘り強さで、自分たちの生活を修復していきます。本書はその十七年間の奮闘記です。

カトリンがASを知ったことは闇に射す一条の光でした。知ることが大きな力になりました。夫の心ない（と思われる）言葉や周囲を傷つける行動の根にASがあることを冷静に見抜き、自分の言葉や態度を変え、言葉を尽くして二人の関係を改善しようと努めます。そして、そこから編み出したコミュニケーションの知恵はＡＳであるなしに関係なく、家庭を消耗の場にしない方法を私たちに教えてくれます。第17章「エネルギー理論」は、その点で特に示唆に富んでいると思います。

カトリンはギャビンのＡＳを、ＡＳであるがゆえに引き起こす周囲との摩擦をカムフラージュしようとしません。子どもたちにもあるがままに伝え、ＡＳの特性を知ったうえで、誤解を避け、支えあえる関係をつくろうとしています。ギャビン自身も、自分を長年悩ませてきたものの正体がわかって安堵し、この「人生で最大のターニング・ポイント」「セカンドチャンス」（「ギャビンによる結びの言葉」より）を精一杯生かそうとしています。二人は自分たちの経験を自身のウェブサイトを通じて発信し、同じような問題を抱えたほかの家族の役に立とうとしています。「知ること」がよい関係をつくる第一歩だというカトリンの考えが貫かれ、ここにもカトリンの強さを見ることができるようです。

本書には家庭生活のさまざまな場面が登場するので、ＡＳが成人の言動にどんな形で影響しているかがよくわかります。妻の出産や入院に際してギャビンの見せた反応や、病気のときやスポーツのときに子どもたちにかける言葉は、私にとって驚きと発見の連続でした。もちろん、ＡＳの現れ方は一人ひとり違うので、本書に登場するギャビンの言動がＡＳ全般を代表するものではありません。筆者も「まえがき」で「(結婚生活の) 成功を保証する秘密の公式をお目にかけることはできません」と言っています。すべての結婚がうまくいく処方箋はないとしても、カトリンの奮闘が、今悩んでおられる方々を大いに励まし、それぞれの場での応用につながっていくことを願っています。

最後になりましたが、本書を翻訳する機会を与えてくださった東京書籍の大山茂樹さんに心より感謝申し上げます。

二〇〇八年四月

室﨑育美

Publishers.

Lawson, W. (2004) Sex, Sexuality and the Autism Spectrum. London: Jessica Kingsley Publishers.

Lawson, W. (2006) Friendships: The Aspie Way. London: Jessica Kingsley Publishers.

Murray, D. (2005) Coming Out Asperger: Diagnosis, Disclosure and Self-Confidence London: Jessica Kingsley Publishers.

Redfield, J. (1994) The Celestine Prophecy. Australia, Sydney: Bantam Books

Rodman, K.E. (2003) Asperger's Syndrome and Adults... Is Anyone Listening? Essays and Poems by Spouses, Partners and Parents of Adults with Asperger's Syndrome. London: Jessica Kingsley Publishers.

Simone, R. (2009) 22 Things You Must Know If You Love a Man with Asperger's Syndrome. London: Jessica Kingsley Publishers. (『アスペルガーのパートナーのいる女性が知っておくべき22の心得』ルディ・シモン著 牧野 恵訳 スペクトラム出版社 2010年)

Slater-Walker, G. and Slater-Walker, C. (2002) An Asperger Marriage. London: Jessica Kingsley Publishers.

Stanford, A. (2002) Asperger Syndrome and Long-Term Relationships. London: Jessica Kingsley Publishers.

Willey, L.H. (1999) Pretending to be Normal. London: Jessica Kingsley Publishers.(『アスペルガー的人生』リアン・ホリデー・ウィリー著 ニキ・リンコ訳 東京書籍 2002年)

Williams, D. (1998) Nobody Nowhere. London: Jessica Kingsley Publishers. (『自閉症だったわたしへ I』ドナ・ウィリアムズ著 河野万里子訳 新潮文庫 1998年)

Williams, D. (1998) Somebody Somewhere. London: Jessica Kingsley Publishers. (『自閉症だったわたしへ II』ドナ・ウィリアムズ著 河野万里子訳 新潮文庫 1998年)

書籍

Aston, M. (2003) Aspergers in Love: Couple Relationships and Family Affairs. London: Jessica Kingsley Publishers.（『アスペルガーと愛：ASのパートナーと幸せに生きていくために』マクシーン・アストン著 宮尾益知監修 テーラー幸恵監訳 滝口のぞみ・羽田紘子・根本彩紀子訳 東京書籍 2015年）

Aston, M. (2012) What Men with Asperger Syndrome Want to Know about Women, Dating and Relationships. London: Jessica Kingsley Publishers.（『アスペルガーの男性が女性について知っておきたいこと』マクシーン・アストン著 テーラー幸恵訳 東京書籍 2013年）

Attwood, T. (1998) Asperger Syndrome: A Guide for Parents and Professionals. London: Jessica Kingsley Publishers.
（『ガイドブック アスペルガー症候群 親と専門家のために』トニー・アトウッド著 冨田真紀・内山登紀夫・鈴木正子訳 東京書籍 1999年）

Attwood, T. (2006) The Complete Guide to Asperger's Syndrome. London: Jessica Kingsley Publishers.

Fleisher, M. (2005) Survival Strategies for People on the Autism Spectrum. London: Jessica Kingsley Publishers.

Grandin, T. (2006) Thinking in Pictures. London: Bloomsbury.（『自閉症の才能開発——自閉症と天才をつなぐ環』テンプル・グランディン著 カニングハム久子訳 学習研究社 1997年）

Hadcroft, W. (2004) The Feeling's Unmutual: Growing Up with Asperger Syndrome (Undiagnosed). London: Jessica Kingsley Publishers.

Henault, I. (2005) Asperger's Syndrome and Sexuality: From Adolescence through Adulthood London: Jessica Kingsley Publishers.

Jacobs, B. (2006) Loving Mr. Spock: Understanding an Aloof Lover - Could it be Asperger's Syndrome? London: Jessica Kingsley Publishers.

Lawson, W. (2003) Build Your Own Life: A Self-Help Guide for Individuals With Asperger Syndrome. London: Jessica Kingsley

発達障害に関わる全ての方がつながる
アスペルガー・アラウンド（旧 ハーンの妻達）

http://asperger-around.blog.jp/

e-mail:asperger.around@gmail.com

ASDのパートナーを持つ女性を支援してきたハーンの妻達は、
2015年6月よりインクルーシブ社会を目指し活動を拡充しました。

フルリールかながわ

発達障害（未診断を含む）のパートナーを持つ女性たちの
セルフヘルプグループ

http://fleurirkanagawa.blog.fc2.com/

e-mail: fleurir.kanagawa@gmail.com

Tel:045-312-4815（神奈川県社会福祉協議会かながわ
ボランティアセンター内）

※このサイトとアドレスは、変更が予定されています。その場合でも、
検索サイトで「フルリールかながわ」と入力して検索していただければ、
新しいサイトとアドレスは探せると思います。

にじいろ

アスペルガーを配偶者にもつ人の自助グループ, 'にじいろ'
―カサンドラ症候群で悩む方へ―

http://aaaruicchi.exblog.jp/

e-mail: aaa-ruicchi@excite.co.jp

あじさい会 in 大阪

「夫がアスペルガー」もしくは「アスペルガーかもしれない」と
悩んでいる妻の会

http://ajisaikaiosaka.blog.fc2.com/

■ 日本

一般社団法人　日本自閉症協会

http://www.autism.or.jp
〒104-0044　東京都中央区明石町6-22　築地622
電話　03-3545-3380
FAX　03-3545-3381

NPO法人　アスペ・エルデの会

http://www.as-japan.jp
e-mail: info-k@as-japan.jp
〒452-0821　名古屋市西区上小田井2丁目187
メゾン・ド・ボヌー 201号室

Moon＠札幌

アスペルガーの配偶者を持つ女性のための自助グループ
http://moonsapporo.blog.fc2.com/
e-mail: moonsapporo@outlook.jp
Tel: 080-6086-8743

ひまわりの会＠東京

発達障害・アスペルガー症候群（診断・未診断）の配偶者を持つ妻達の自助グループ
http://blog.livedoor.jp/misty1969-himawari/
e-mail: misty-1969@ezweb.ne.jp

サラナ

カサンドラ愛情剥奪症候群（アスペルガーの配偶者）の自助グループ
http://blog.livedoor.jp/asupe_sarana/

法と援助」「よくある症状」のようなトピックが見つかり、AS の人たちが周囲に望んでいることについての記述がある。

autismusschweiz elternverein
Neuengasse 19, 2502 Biel-Bienne
Tel +41 (0)31 911 91 09
Email: sekretariat@autism.ch
http://www.autismusschweiz.ch

■ イギリス

The National Autistic Society
393 City Road, London EC1V 1NG
Tel +44 (0) 20 7833 2299
Fax +44 (0) 20 7833 9666
Email: nas@nas.org.uk
http://www.autism.org.uk

Autism Services Directory
http://www.autism.org.uk/directory.aspx

■ アメリカ合衆国

Autism Society
4340 East-West Hwy, Suite 350
Bethesda, Maryland 20814
Tel +1 800 328 8476
http://www.autism-society.org

トップページの上部にあるバーのさまざまなトピックにマウスをあわせ、リンクを見つける。「Resources Near You」をクリックすると、各地域での各地域の専門家向け・親向けの情報が見られる。

OASIS@MAAP
Tel +1 219 662 1311
Email: info@aspergersyndrome.org
http://www.aspergersyndrome.org

OASIS と MAAP が合併した新しいサイト。

■ カナダ

Autism Society Canada

Box 22017, 1670 Heron Road, Ottawa, Ontario K1V 0W2
Tel + 1 866 476 8440
Email: info@autismsocietycanada.ca
http://www.autismsocietycanada.ca

「About ASC」の「Provincial and Territorial Societies」をクリックすると、支部や各地のサポートグループが見つかる。

「Families and Caregivers」の「Resources and Links: Families and Caregivers」をクリックしてトピックを選ぶ。もし配偶者サポートを探しているなら「Spouses」をクリックする。

■ ドイツ

Autismus Deutschland e.V. Bundesverband zur Förderung von Menschen mit Autismus

Rothenbaumchaussee 15, 20148 Hamburg
Tel +49 (0)40 511 56 04
Fax +49 (0)40 511 08 13
Email: info@autismus.de
http://www.autismus.de

■ ニュージーランド

Autism New Zealand - National Office

PO Box 6455, Marion Square, Wellington 6141
Tel +64 4 803 3501
Fax +64 4 803 3502
Email: info@autismnz.org.nz
http://www.autismnz.org.nz

■ スイス

Autismus Deutsche Schweiz

Riedhofstrasse 354, 8049 Zürich
Tel + 41 (0) 44 341 13 13
Email: info@autismus.ch
http://www.autismus.ch

このサイトはASについての情報が充実している。「Asperger Syndrom」をクリックすると「ASとは何か？」「現れる頻度」「療

Autism SA
PO Box 304, Marleston, DC SA 5033
Tel +61 (0) 8 8379 6976
Fax +61 (0) 8 8338 1216
Email: admin@autismsa.org.au
http://www.autismsa.org.au

SHOUT (Self Help Organisations United Together)
PO Box 717, Mawson, A.C.T 2607
Tel +61 (0) 2 6290 1984
Fax +61 (0) 2 6286 4475
Email: admin@shout.org.au
http://www.shout.org.au

「外部サイトへのリンク」をクリックすると22の役に立つリンクが見つかる。そのほとんどはオーストラリアに本部がある。

Asperger Services Australia
PO Box 159, Virginia, QLD 4034
Tel +61 (0) 7 3865 2911
Fax +61 (0) 7 3865 2838
http://www.asperger.asn.au

アスペルガー・サービス・オーストラリアは南半球最大のサポートグループ。ボランティアによって運営されていて、会員にカウンセリング、コーヒーモーニング、ニューズレター、セミナー情報を提供するとともに、貴重な書籍を閲覧させてくれる。

Autism Association of Western Australia
Locked Bag 2, SUBIACO, WA 6904
Tel +61 (0) 8 9489 8900
Fax +61 (0) 8 9489 8999
Email: autismwa@autism.org.au
http://www.autism.org.au

（ASと診断された十代の若者を育てている親や介護者のためのフォーラム。十代の若者自身やより若い子どもの親は参加できません）

● 定型発達の親のフォーラム（ASと診断された子どもの、定型発達の親か介護者で、定型発達の視点から子育てについて話し合いたい人向け）

●「大人の問題」をクリックすると、自閉症かASの人から、または自閉症かASの人への情報と提案を発信するページにつながる。七つのリンクのうちの一つは「配偶者のサポート」。「家族のこと」に興味があれば、クリックする。家族のサイトにつながるだけなく、家族や友人からの提案もある。

サポートグループ

■ オーストラリア

オーストラリアでの支援について情報がもっとも豊富なのはトニー・アトウッドのサイト、www.tonyattwood.com.au です。インターネットを利用できない人のために、私はオーストラリア中の自閉症団体のリストを作りました。電話、郵便を使って、各地域で利用できるサポートグループや催しの情報を得られます。

Autism Queensland
PO Box 354, Sunnybank, QLD 4109
Tel +61(0) 7 3273 0000
Fax +61 (0) 7 3273 0093
Email: admin@autismqld.com.au
http://www.autismqld.com.au

Amaze (Autism Victoria)
PO Box 374, Carlton South, VIC 3053
Tel +61 (0) 3 9657 1600
Fax +61 (0) 3 9639 4955
Email: info@amaze.org.au
http://www.amaze.org.au

http://www.tonyattwood.com.au

トニー・アトウッドは自閉症とアスペルガー症候群に関する世界的な専門家のひとりです。彼のサイトには31のトピックがあり、適切な言葉をクリックすればアクセスできます。「Support」をクリックすれば、オーストラリア、イギリス、イスラエル、ニュージーランド、アメリカ合衆国、カナダ、シンガポール、デンマーク、スペインのサポートグループのリストを見ることができます。また、「Links」をクリックすれば、ASについての貴重な情報や役に立つさまざまなリンクも得られます。もう一つの大きな特徴は書籍についてです。「Other publications and resources」をクリックすると、あなたが興味をもっているテーマを扱った本が見つかります。また、このサイトはブリスベンにできた新しいクリニック「Minds and Hearts」(www.mindsandhearts.net)を紹介しています。電話番号は、オーストラリア国内からは(07) 3844 9466、国外からは+61 (0) 7 3844 9466です。

http://www.aspergersyndrome.org

「Online Asperger Syndrome Information and Support (OASIS《オアシス》)」のサイトは、アメリカだけでなく世界中のASで困っている人たちに、すばらしいオンラインサービスを提供してきていますが、MAAP Servicesと合併し、OASIS@MAAPとなり、サイトのアドレスが上記に変更されました。さまざまなサービスが利用できます。あなたが興味をもっているトピックを見つけるには、ホームページ左側の欄をチェックし、面白そうなリンクをクリックするだけです。例えばこんなタイトルがあります。「ASって何？」「ブックストア」「論文と記事」「サポートグループ」「スクールとキャンプ」「専門医」「キッズコーナー」「家族のこと」「大人の問題」その中で「サポートグループ」をクリックすると下のような画面に変わります。

- 各地のサポートグループと情報（カナダを含む）
- 公的なサポートグループ
- オンラインのサポートグループ
- 海外のAS、自閉症に関するサイト

「Forums」をクリックし登録すればフォーラムに参加できます。

- アスペルガー症候群フォーラム（ASである人の親、成人の家族が参加できる。ASの成人本人も参加できる）
- 十代のASの若者を育てている人を支援するフォーラム

まざまな話題の中から検索できます。例えば「Cassandra Affective Disorder」と打ち込むと、形状発達のパートナーや家族に、ASがどのような症状をもたらすかについての記述が得られます。それはマクシーン・アストンが書いたもので、ASの人との関係についてすばらしい洞察を与えてくれます。

http://www.maxineaston.co.uk

マクシーン・アストンは、ASによって生じる人間関係の研究と支援をリードする心理学者であり、『Asperger's in Love（邦訳版『アスペルガーと愛』2015年 弊社刊)』、『What Men with Asperger Syndrome Want to Know About Women, Dating and Relationships（邦訳版『アスペルガーの男性が女性について知っておきたいこと』2013年 弊社刊)』と『The other half of Asperger Syndrome』の著者です。イギリスのコベントリーでクリニックを開き、個人、カップル、家族のためにカウンセリングをしています。このサイトでは、パートナーのいずれかがASではないかと思われるカップル向けのアンケート、「カサンドラ感情障害」についての考察、ASの説明、彼女のワークショップやセミナーの予定を見ることができます。

http://www.autism.org.uk

「The National Autistic Society (NAS)」は役に立つ情報満載のすばらしいサイトです。さまざまな情報源、リンク、サポートグループ、イギリスだけでなく世界中の人が使える悩み事電話相談サービスを教えてくれます。ホームページにはさまざまな話題につながるショートカットがあり、その一つは家族（介護者やパートナーを含む）のためのものです。詳しくは「Information for parents, relatives and carers」をクリックし、次に「Partners」をクリック。記事が出たら、「Information for partners」をクリックしてください。ASであるパートナーについて興味深い情報が見つかります。このサイトの最大の特徴は、悩み事電話相談（0808 800 4104 月～金　午前10時～午後4時　電話代有料）です。電話線さえつながっていれば、電話を120言語に通訳してくれるサービスもあります。ほかには、親同士の電話、教育サービスを受けるための支援、Eメールによる悩み事相談、さまざまな情報シートがあります。

ASpar は子ども時代に問題を経験した成人のためのサービスを主としていますが、このサイトは結婚している AS の人、AS の人と結婚している人みんなの役に立ちます。

「子育てテスト」は、子どもを育てるとき何を考えなければならないか、しっかり思い出させてくれます。

http://www.aspia.org.au

Aspia
PO Box 57
Macarthur Square LPO
Macarthur NSW 2560
Australia
Mobile phone: 0432 507 828
Email: info@aspia.org.au

「Asperger Syndrome Partner Information Australia Inc. (ASPIA)」の目的はアスペルガーの結婚で生じる難しさや違いを認め、AS が夫婦の関係に及ぼす影響と、AS の人の生活の一部である混乱や対立を減らすための有効な手段について客観的情報を示すことです。

http://www.aspires-relationships.com

Linda Newland
2990 NE Saber Road
Bend, OR 97701, USA
Mobile phone: 1 541 389 0004
Email: opu@bendbroadband.com

「Asperger Syndrome Partner and Individuals Resources, Encouragement and Support (Aspires)」は自閉症スペクトラムや AS を含む広汎性発達障害（PDD）と診断された、あるいはそう思われる成人の配偶者および家族のためにオンラインで情報提供しています。AS の人との関係改善に主眼を置いています。AS の人や AS である家族のいる人向けにメールマガジンを発行しています。

http://faaas.org

「Families of Adults Affected by Asperger's Syndrome (FAAAS)」は AS の人の家族、友人、恋人が書き込む掲示板が特徴です。さ

役に立つ情報源

編集注
ここに掲載しているのは、英語圏中心の情報源です。日本でもインターネットの情報源サイトは増えていますが、支援が進んでいる英語圏のサイトでは情報が整理・体系化されているところが多く、(1) 英語ではあるが、役立つ情報が多く (2) 日本における今後の支援に参考になるので、原書にある情報を載せました。
サポートグループとは、支援団体のことです。
書籍に関する情報は、巻末の弊社広告欄もご参照ください。

支援は重要ですが、情報源を探し出すのは難しいことがあります。日常生活で苦労しているので、ASの人やそのパートナー、家族は答えを探すのをあきらめがちです。そのような事態を避けるために、私は人間関係や家族問題、支援に関するサイトのリストを作りました。

コンピュータが得意でない人でも、目指すリンクを簡単に探せるよう工夫しました。どなたでも、すみやかに自分の関心事にたどり着ければ、うれしく思います。

家族の誰かがAS、あるいはASかもしれないと思ったら、お近くの支援団体に連絡しましょう。あなたが気がかりに思うことをわかってくれる人と話し合う機会がきっと生まれます。

ウェブサイト

http://aspar.wordpress.com

ASparは自閉症スペクトラム障害やASの親に育てられた大人を支援します。Eメールリストを作って、体験の共有を奨励しています。

特徴は「子育て能力チェックリスト」です。ASの親がいる家庭の子どもたちに影響のある問題に絞ったテストです。情報はASの人だけでなく、定型発達のパートナーにも関係があります。ASの人が子育てに格闘しているとき、定型発達の配偶者が「自分は放っておかれている、虐待されている」というサインを見せて、問題をさらに悪化させることがあります。子育てをうまく運ぶには、まず夫婦双方がお互いをよく理解しなければなりません。

カトリン・ベントリー Katrin Bentley
スイスのトゥーンに生まれる。結婚後は、アスペルガー症候群の夫ギャビンと2人の子どもとともにオーストラリア在住。小学校教師の資格をもち、フィットネスインストラクターとして働くかたわら、支援団体 Asperger Services Australia のボランティアも行っている。自己の体験を世界中の多くの同じような仲間が共有し、役立ててもらいたいと願って本書を執筆した。

室﨑 育美 むろさき なるみ
大分県生まれ。京都大学教育学部卒業。
訳書:『希望の子 バラク オバマ』(バベルプレス刊)『アスペルガー流人間関係』(共訳)、『私のディスレクシア』(ともに東京書籍刊)

編集 大山茂樹/装幀 東京書籍AD 金子 裕

一緒にいても ひとり
——アスペルガーの結婚がうまくいくために

2008年5月2日 第1刷発行 2017年3月22日 第5刷発行

著 者 カトリン・ベントリー
訳 者 室﨑 育美
発行者 千石 雅仁
発行所 東京書籍株式会社
東京都北区堀船 2-17-1 〒114-8524
電 話 営業 03-5390-7531 編集 03-5390-7455
印刷・製本 壮光舎印刷株式会社

東京書籍 書籍情報 https://www.tokyo-shoseki.co.jp/
e-mail: shuppan-j-h@tokyo-shoseki.co.jp

ISBN 978-4-487-80270-8 C0037

Printed in Japan